Linha do Tempo

Emmanuel Bove
A ARMADILHA

TRADUÇÃO
Paulo Serber Figueira de Mello

COMPLEMENTO
"O SANGUE DA LIBERDADE" E "A NOITE DA VERDADE"
Albert Camus

TRADUÇÃO
Giovane Rodrigues

*mundaréu

© Editora Madalena, 2019
© Editions Gallimard, Paris, 1950 ("Le sang de la liberté" e "La nuit de la vérité", extraídos de *Actuelles I, Écrits politiques, chroniques 1944-1948*, de Albert Camus).

TÍTULO ORIGINAL
Le Piège

COORDENAÇÃO EDITORIAL – COLEÇÃO LINHA DO TEMPO
Silvia Naschenveng

CAPA
Tadzio Saraiva
Imagem de capa: Adolf Hitler em visita à Torre Eiffel, 23 de junho de 1940 (Bundesarchiv, Bild 183-H28708/ photo: Heinrich Hoffmann).

DIAGRAMAÇÃO
Editorando Birô

PREPARAÇÃO
Giovane Rodrigues

REVISÃO
Editorando Birô e Vinícius Fernandes

Edição conforme o Acordo Ortográfico da Língua Portuguesa (1990).

Dados Internacionais de Catalogação na Publicação (CIP)
Angelica Ilacqua CRB-8/7057

Bove, Emmanuel, 1898-1945
  A armadilha / Emmanuel Bove ; tradução de Paulo Serber Figueira de Mello. -- São Paulo : Mundaréu (Editora Madalena Ltda. EPP), 2019.
  208 p.

Texto complementar: "O sangue da liberdade" e a "A noite da verdade" de Albert Camus. Tradução de Giovane Rodrigues

ISBN: 978-85-68259-24-5
Título original: Le piège

1. Ficção francesa 2. França - História - Ocupação alemã, 1940-1945 - Ficção 3. Guerra mundial, 1939-1945 - Ficção I. Título II. Mello, Paulo Serber Figueira de III. Camus, Albert, 1913-1960 IV. Rodrigues, Giovane

19-0580   CDD 843

Índices para catálogo sistemático:
1. Ficção francesa

EDITORA MADALENA LTDA. EPP – MUNDARÉU
São Paulo — SP
www.editoramundareu.com.br
vendas@editoramundareu.com.br

sumário

Apresentação   7

A armadilha   11

Nota do autor   193

Editoriais para o *Combat* / Albert Camus   199

Adolf Hitler em visita à Torre Eiffel, 23 de junho de 1940 (Bundesarchiv, Bild 183-H28708/ photo: Heinrich Hoffmann).

APRESENTAÇÃO

A resistência francesa à ocupação alemã durante a Segunda Guerra Mundial e o governo de Vichy continuam sendo tema de debate público na França. A conduta e as escolhas de franceses durante esse período têm sido objeto de reflexão desde o pós-guerra e inspiraram obras como o filme *Lacombe Lucian* (dirigido por Louis Malle, 1974) e a literatura de Patrick Modiano, o Nobel francês mais recente.

Embora o colaboracionismo seja hoje automaticamente condenado, os colaboracionistas estavam no poder tanto da França ocupada pelos alemães como na chamada França Livre (sob o governo do marechal Petain, em Vichy) – mais ou menos espontâneos, mais ou menos comprometidos com a "nova ordem", mais ou menos conscientes, com escolhas mais ou menos (i)morais. *A armadilha* trata com maestria das ambiguidades, lacerações sociais e políticas e angústias desse momento sombrio da história da França. Emmanuel Bove, em sua produção dos anos 1920, teve sensibilidade e objetividade ímpares para captar o momento em que vivia, retratando os desdobramentos do pós-Primeira Guerra Mundial, a devastação material, a crise econômica, o crescimento de tendências reacionárias, as tensões sociais. Da mesma forma, aborda, em tempo real, a corrupção moral, o medo e a desesperança dos anos de ocupação.

Em setembro de 1940, o jornalista parisiense Joseph Bridet tenta obter um salvo-conduto para viajar legalmente à África (de onde, justifica, poderia partir para a Inglaterra e se juntar às forças de De Gaulle). Para tanto, vai a Vichy procurar um antigo colega que passara a ocupar um posto importante no governo Pétain e solicitar uma posição como correspondente oficial na África. O salvo-conduto lhe é prometido, mas condicionado a averiguações.

Bridet passa a viver a expectativa pela movimentação burocrática completamente opaca e ilegítima do governo de Vichy. Sem saber como agir, no que confiar e o que realmente esperar de seus "colegas" de Vichy, Bridet se desespera. Na ânsia de se mostrar confiável, útil e bem relacionado, Bridet e sua mulher, Yolande – falante, prática e confiante a ponto de parecer não se dar conta, ou simplesmente não se importar, com a situação política da França –, tornam a situação mais dúbia. A derrocada de Bridet parece inevitável. Ou não?

O espírito e a angústia daquele momento sombrio se refletem no comportamento das personagens. Bridet segue um fluxo de pensamentos contraditórios, que o fazem oscilar entre repudiar os colaboracionistas e ser excessivamente condescendente em relação à situação, satisfazendo-se em adotar uma espécie de resistência silenciosa e conivente. Bove expõe o mecanismo do controle totalitário, a prepotência que gera o receio, o domínio sobre quaisquer ações que cria insegurança na população, a necessidade de justificativas para qualquer banalidade que induz a uma incontrolável sensação de culpabilidade, a compulsiva coleta de informações irrelevantes que dá margem à paranoia, a ineficiência travestida de intensa ocupação que imita importância e autoridade.

Bridet é um homem perdido e acuado que tenta de qualquer maneira salvar-se. Com todas suas contradições, Bridet é demasiadamente humano, apesar de e por seus erros. Alguém comum que as circunstâncias levaram a uma situação extrema.

* * *

Em momentos em que ninguém mais tem a clareza moral de ontem, mais necessária ela se faz.

Ao refletir sobre a ocupação na França, é natural pensar em Albert Camus (1913-1960). Seja pela sua atuação na resistência à ocupação alemã – movimento ao qual se juntou após retornar à França em 1942, vindo da Argélia, como editor do *Combat*, o principal jornal clandestino da Paris ocupada – seja por seus posicionamentos morais e políticos ao longo de toda a vida. Assim, para complementar a presente edição, trouxemos editoriais do *Combat* escritos por Camus, em agosto em 1944, durante a libertação de Paris.

Camus não desejava – na verdade, repudiava – represálias que se tornaram comuns (raspagem de cabelos, hostilizações públicas e execuções sumárias) contra os pequenos colaboracionistas do cotidiano, e é de se apostar que esperasse vivamente uma renovação política e social que afastasse os que governaram e os que se beneficiaram do colaboracionismo. É possível perceber que Camus adota um tom contemporizador em relação à maioria para incentivar a adesão à luta. Também, claramente, que ele contava que a retomada de Paris – da França toda – afastasse os colaboracionistas, todos, do poder, que houvesse renovação, o que acabou não acontecendo.

Os editoriais são efetivamente dramáticos, heroicos, de apelo, como exigia o momento. Mas carregam também esperança – no ser humano que supera e é mais forte que sua condição.

*mundaréu

São Paulo, janeiro de 2019

A armadilha

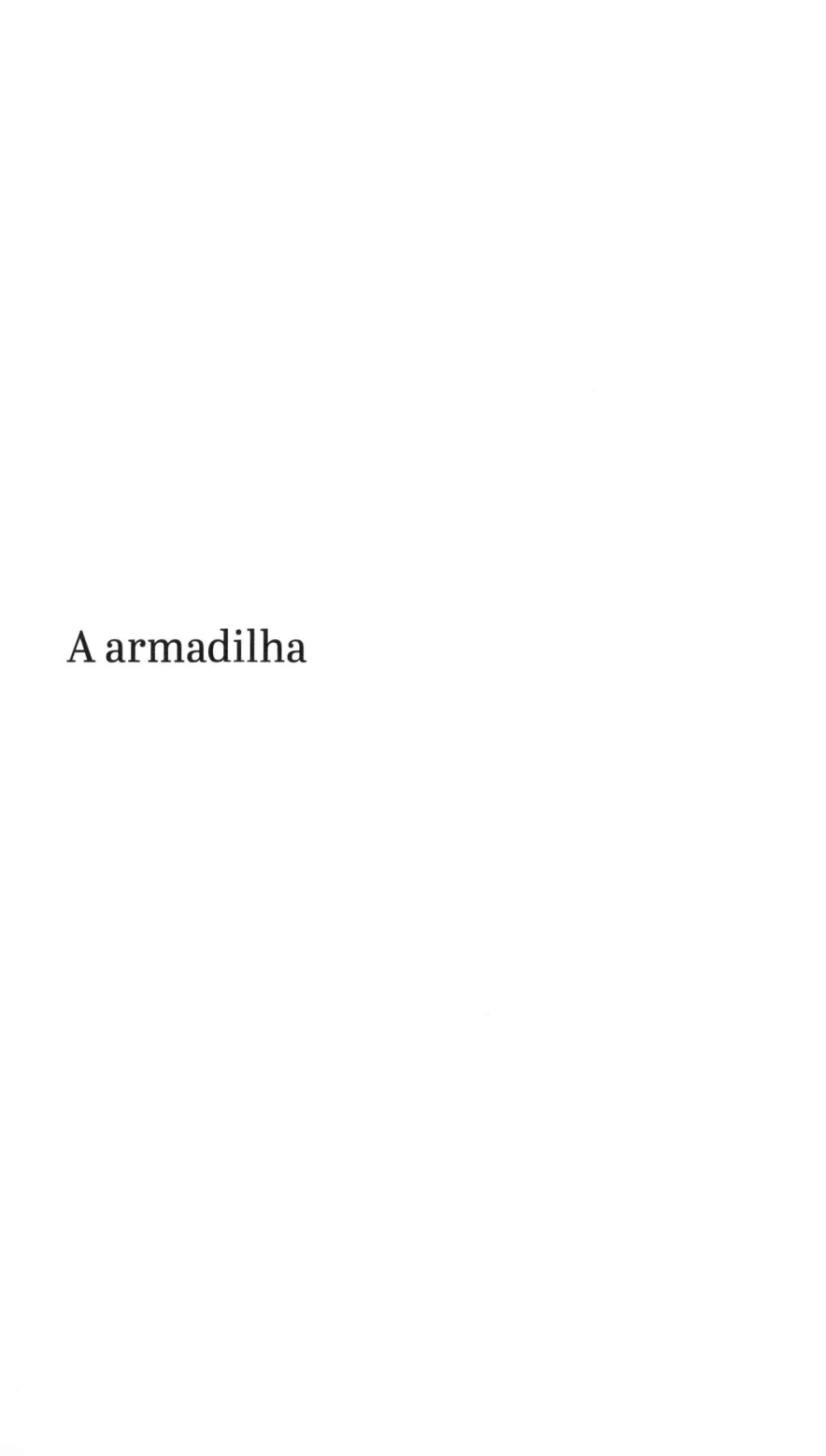

1.

Desde sua chegada a Lyon, Bridet procurava um meio de passar à Inglaterra. O que não era fácil. Ele passava seus dias a correr para qualquer lugar onde pudesse haver uma chance de encontrar amigos que ainda não tivesse revisto. Frequentava a *brasserie* próxima ao grande teatro, onde se reuniam os jornalistas ditos vira-casacas, caminhava pela *rue* de la République, tratando de descobrir nos terraços dos cafés figuras conhecidas, retornava ao hotel algumas vezes por dia na esperança de encontrar uma carta, um pedido de encontro, um sinal, enfim, do exterior.

    Mas naquela horda que invadira a cidade, em meio às dificuldades vivenciadas por cada um, entre todas as pessoas que, se em Paris se conheciam, não se frequentavam, não existia espaço para o menor sentimento de solidariedade. Apertávamos as mãos, esforçávamo-nos para manter um ar tão contente no décimo encontro quanto no primeiro, sentíamos compaixão na imensa catástrofe, fingindo crer que o infortúnio une mais do que divide, mas a partir do momento em que, cessando de falar da miséria geral, tentávamos fazer alguém interessar-se por nosso pequeno caso particular, encontrávamo-nos em frente a uma parede.

Bridet voltava à noite extenuado. Para manter seu quarto, tinha de simular a cada semana uma partida, pois os hotéis estavam reservados aos viajantes de passagem. "É um tanto quanto grotesco", pensava, "não ter encontrado ainda, após três meses, uma maneira de escapar. Isso está se tornando até perigoso". Todo mundo já suspeitava que ele quisesse ir embora. Nada revela mais nossas intenções do que uma longa impotência. Ao pedir sempre sem obter, acabamos passando a ideia de que jamais teremos sucesso, de que pertencemos àquela categoria um tanto ridícula de homens cujos desejos são demasiado grandes para suas possibilidades.

* * *

No dia 4 de setembro de 1940, Bridet acordou mais cedo do que de hábito. Ele ocupava um pequeno quarto no Hôtel Carnot, número 59. O último quarto, que dava para a Praça Carnot, em frente à estação de Perrache. A noite inteira ele havia escutado as idas e vindas. Os franceses nunca tinham viajado tanto. Antes de nascer o dia, escutara os primeiros bondes. Então a vida continuava como antes! Então ainda existiam operários que iam ao trabalho! E essa vida normal que os entrechoques dos vagões na madrugada e os barulhos das rodas de ferro sobre os trilhos evocavam tinha algo de desesperador.

O sol havia nascido, mas não ultrapassara ainda as casas plantadas no outro lado da praça, e seus raios, que não pousavam sobre coisa alguma, que se espalhavam simplesmente pelo espaço, davam ao céu um aspecto primaveril. Subitamente, no teto, uma pálida luz dourada veio descansar. Bridet se lembrou das manhãs de férias e sentiu uma pontada no coração. Então a vida ainda era linda. Também ele desejava viajar. Mas em Avignon, em Toulouse, em Marselha, o que encontraria de melhor? Em toda parte sentia-se sufocado. Onde quer que se fosse, sentia-se estar prestes a ser esmagado por uma polícia cada vez mais numerosa. Cada agente estava acompanhado por outro agente, às vezes até mesmo por um civil que, em sua pressa em mostrar serviço, não havia aguardado até que um uniforme lhe fosse dado.

"Isso me enoja, mas assim mesmo é necessário que eu vá ver Basson", murmurou Bridet. A cada dia dizia a si mesmo que devia ir a Vichy. Ressentia-se por ter esperado demais. Arrastara-se ao longo de todo o verão pelos vilarejos de Puy-de-Dôme, de Ardèche, de Drôme, esperando não sabia o quê, e agora tinha a sensação de que o que poderia ter feito na confusão que se seguira ao armistício tornava-se cada dia mais difícil.

Ele tinha amigos, Basson, por exemplo. Este último lhe obteria uma missão qualquer, um passaporte. Uma vez fora da França, Bridet se sairia bem. A Inglaterra não era, afinal de contas, inacessível.

"É absolutamente necessário que eu veja Basson", repetiu. Ele teria apenas de esconder o jogo. Diria a todos que queria servir à Revolução Nacional.

"Acreditarão em mim?", perguntou-se. Acabara de lembrar que tinha falado muito, que durante muito tempo não deixara de dizer o que pensava, que ainda hoje lhe acontecia de não conseguir se conter. Até o presente, essa loquacidade parecia não ter tido consequências, mas, subitamente, no momento de agir, parecia-lhe que o mundo inteiro conhecia os seus planos. Pensou então, para retomar a coragem, que no fundo as pessoas não nos julgam a partir do que dissemos — elas que disseram tantas coisas — mas a partir do que dizemos no momento presente. Ele tinha apenas de se entregar inteiramente ao Marechal. Era um homem maravilhoso. E salvara a França. Graças a ele, os alemães nos tinham respeito. Eles superavam a própria vitória. Nós superávamos nossa derrota, o que permitia que os dois povos se falassem quase de igual para igual. É isso que era preciso ser dito. Em presença de alguém mais empolgado, era possível ir ainda mais longe. Se cada francês se examinasse a fundo, se estivesse de boa-fé, deveria reconhecer que sentira um imenso alívio com a assinatura do armistício.

"Vocês estavam nas estradas e agora estão em suas casas", dissera o Marechal. Bridet tinha apenas de dizer a mesma coisa. E não devia ter nenhum escrúpulo em enganar pessoas como aquelas. Podia lhes dizer qualquer coisa. Mais tarde, quando se juntasse a De Gaulle[1], ele se refaria.

* * *

Uma vez vestido, saiu. A cem metros dali, entrou em outro hotel para fazer a habitual visita matinal à sua mulher.

O célebre cartaz representando a bandeira tricolor no meio da qual encontrava-se desenhada a cabeça do Marechal um pouco de viés, por modéstia, voluntariamente afinada, com um colarinho falso engomado, um quepe sem a mínima inclinação e aquela expressão de honestidade, de ligeiro amargor, de firmeza que não exclui a bondade, que os maus artistas sabem tão bem conferir, escondia o grande vitral central.

Yolande também encontrara um quarto. Este, como o de seu marido, era demasiado pequeno para que ali se pudesse dormir a dois. O que, aliás, não descontentava tanto Bridet. Ele se encontrava em tal estado de abatimento que preferia estar sozinho. Ele amara muito sua mulher, mas, desde o armistício, sem que se desse conta claramente, distanciara-se

---

1 O general Charles de Gaulle (1890–1970) rejeita o armistício com a Alemanha nazista, assinado em 22 de junho de 1940 pelo marechal Philippe Pétain (1856–1951) — que assim foi empossado chefe do Estado francês —, e passa a liderar as Forças Francesas Livres de seu exílio na Inglaterra. Após a queda do governo de Vichy, em agosto de 1944, torna-se o presidente do Governo Provisório da República Francesa. [N.E.]

um pouco dela. De repente, ela tinha vontades, desejos que não eram os seus. Ela também fora atingida pela catástrofe e parecia descobrir agora que existiam na vida outras coisas importantes para além do bom entendimento entre um casal.

Ela se inquietava por sua família, que permanecera em Paris, ela que durante anos não se preocupara com eles. Estava ansiosa por rever pessoas que até então lhe tinham sido indiferentes. Falava sem cessar de sua pequena loja de moda da *rue* Saint-Florentin e de seu apartamento, como se lá ela tivesse vivido sozinha. Bridet sentia ter se transformado aos olhos dela, pouco a pouco, não em um estranho, mas em um desses seres que negligenciamos um pouco, pois, apesar do amor que têm, eles não podem fazer nada por nós. E, no fundo de seu coração, ele calculava que ela tinha razão em julgá-lo assim. De fato, ele não podia fazer nada por ela. Enquanto existira um exército, fazendo parte dele, ele defendera sua mulher. Atualmente, não a defendia mais. Não podia ir em seu lugar solicitar um *Ausweis*, não podia encontrar-lhe um simples quarto, nem um táxi, não podia enviar dinheiro a sua família em Paris, nem se ocupar da loja, não podia absolutamente nada. Ela o sabia e, delicadamente, habituava-se a contar apenas consigo mesma.

Ele se sentou junto a ela. Até o momento, jamais fizera a menor alusão a seu desejo de ir embora.

— Escute, Yolande. Preciso falar com você seriamente.

Ela o olhou sem parecer notar que ele estava mais circunspecto do que de hábito. Havia bastante gente no saguão. Seria preciso falar em voz baixa, olhando ao redor a cada instante.

— Vamos mais para lá — disse Bridet —, ali estaremos mais tranquilos.

Yolande se levantou. Eles foram se sentar lado a lado no fundo do saguão.

— Refleti a noite toda — disse Bridet. — É preciso que eu vá falar com Basson.

Yolande ficou em silêncio. Bridet se agitou. Não aguentava mais. E se arrependia de não ter dado um basta naquilo antes. Sua decisão agora estava tomada. Iria falar com Basson. Assumiria ares de franqueza e lhe afirmaria sua admiração pelo Marechal... Pediria apoio. Basson era um velho camarada. E não lhe recusaria isso. Mas dizemos tantas coisas quando passamos meses juntos, descontentes e miseráveis, fazemos tantos projetos sem que nada mude em nossas vidas, que, quando tomamos uma decisão, notamos de súbito que ninguém tem motivo para acreditar em nós.

— Você está louco! — disse ela.

Bridet respondeu que havia refletido bastante.

— Eu admiro o Marechal — repetiu em voz alta.

— Ninguém acreditará em você — respondeu-lhe Yolande ao pé da orelha. — Você pensa que as pessoas são idiotas. Vai acabar preso. Todo mundo sabe o que você pensa. Você já o disse o bastante. Por que insiste nisso? Por que você não quer que voltemos a Paris?

* * *

Caminhando ao acaso pela cidade, Bridet agora se perguntava se devia ou não se encontrar com Basson. Há comédias que não conseguimos representar nem mesmo quando nosso futuro delas depende. Não somos capazes de dizer que amamos as pessoas que odiamos. E, se o fizéssemos, as mentiras em nossas palavras seriam percebidas. O que fazer então? Voltar a Paris? Seguir Yolande? Mostrar prudentemente os documentos aos boches[2] ao passar a linha de

---

2 Termo usado pelos franceses para referir-se a um soldado alemão ou simplesmente a uma pessoa de origem alemã. Trata-se, segundo se presume, de uma aférese de *alboche* – onde "al" significaria "alemão" e *boche* "cabeça" (de *caboça*, no dialeto occitan do Sul da França) –, palavra bastante usada no século XIX e que também haveria derivado para *tête de boche* (cabeça de alemão). Incialmente depreciativo, o termo, à medida de sua popularização, ocorrida sobretudo após a Primeira Guerra, suavizou-se a ponto de se torna por vezes um mero sinônimo de alemão. [N.T.]

demarcação³? Ver a suástica flutuando em toda parte em uma Paris deserta? Yolande dizia que o fato de vender chapéus aos alemães para que eles os enviassem a suas mulheres não a tornava uma má francesa. Ela ganharia muito dinheiro e ele, que sempre alegou não ter tranquilidade para escrever um livro, oras, ele teria esta tranquilidade... Era repugnante.

No entanto, Yolande o amava. E estava pronta para fazer por ele aquilo que antes jamais teria feito. Ela achava que o papel principal era, hoje, das mulheres. Que se colocariam à frente, fazendo esquecer os homens, a fim de mantê-los ilesos para o dia em que pudessem retomar as armas.

De noite, em seu quarto, Bridet sentiu que estava com febre. Ele ardia. De tempos em tempos, achava que ia tiritar. Mas não tiritava. Esse mal-estar se aparentava a outro que o acometera um mês antes. Parecia o tempo todo que teria vertigem. E já procurava com os olhos uma cadeira, um banco. Mas, sem que isso o fizesse se sentir melhor, ele não tinha qualquer vertigem.

Lá fora o mistral se pusera a soprar com uma força extraordinária. O siroco, o mistral, a brisa genebrina, enfim todos esses ventos temidos têm algo que os diferencia dos ventos comuns; de repente, em uma casa tranquila, portas de armários, janelas voltadas para pequenos pátios e mesmo objetos que acreditávamos protegidos começam a sacudir.

Bridet percebia barulhos misteriosos. "O que fazer?", perguntou-se. Acreditava ouvir alguém atrás da porta. E não podia impedir-se de pensar em Basson. Talvez nada mais desagradável possa acontecer a um homem orgulhoso do que depender de um amigo que ele negligenciou, no qual

---

3   Com o armistício, o norte da França continuou ocupado pelo exército alemão, ao passo que a porção sul do território francês seria considerada "zona livre" e estaria sob a autoridade das forças francesas, comandadas pelo marechal Pétain. A passagem de uma zona a outra exigia uma espécie de passaporte, o *Ausweis*. A linha de demarcação foi abolida em março de 1943, quando os alemães deslocaram suas tropas para a dita zona livre (que nesse período já era tratada simplesmente por "zona sul"). [N.E.]

nunca acreditou e a quem os acontecimentos, colocando nossa sorte nas mãos dele, parecem dar razão, contrariando-nos.

Bridet adormeceu enfim. Na manhã do dia seguinte, ele tomava o trem.

2.

O escritório de Paul Basson se situava em um quarto do Hôtel des Célestins em cujas janelas pendiam duas cortinas de musselina branca. Paul Basson estava há um mês vinculado à direção geral da polícia nacional. Quando Bridet entrou, ele se levantou e veio apertar a mão de seu antigo camarada de estudos e de jornalismo.

Bridet então experimentou aquela sensação incômoda que nos dá um homem com o qual havíamos convivido em situação de igualdade, quando de repente o encontramos ativo e poderoso. Não havia nenhum documento, nenhum dossiê sobre a mesa, mas um buquê de cravos da serra em um vaso de cristal. Bridet se sentou em uma poltrona. Quando garoto, Basson jamais embelezara seu quarto, mas agora, em seu escritório policial, flores embalsamavam o ar. Tal detalhe traía um inquietante estado de espírito.

— Eu vim vê-lo — disse Bridet — para pedir seu apoio.
— Absolutamente normal. O que você tem feito?

— Nada de mais.

Basson lançou através da janela um olhar sobre o gramado e as árvores do parque. Ninguém diria que o armistício ocorrera havia apenas quatro meses. Como um viúvo corajoso, ele reconstruíra sua vida. A casa ainda estava firme e de pé. Ali nos sentíamos um pouco como em uma exposição à véspera da inauguração. Era natural depois de tão grande infortúnio.

— Trata-se do seguinte — disse Bridet. — Quero servir meu país. Quero ser útil. O Marechal pegou nas mãos o nosso destino. Não temos mais o direito de nos perguntar se gostamos ou não daquele que nos governa. Devemos aceitá-lo como é. Quanto a mim, estou persuadido de que Pétain salvará todos nós.

Nesse momento, Basson fez uma expressão nada esperada de mau humor. Pronunciou uma ou duas palavras sem continuidade, parou, enfim disse com grande frieza:

— Não fale do Marechal.

Bridet o olhou surpreso.

— Por quê?

— É uma observação que me permito fazer. Não fale nunca do Marechal. Jamais diga que é necessário segui-lo. Vão pensar que você é contrário a ele, o que me seria bem desagradável.

Bridet compreendeu que havia sido desajeitado. Uma vez que tinha ido ter com Basson era evidente que ele estava a favor do governo. Toda explicação era supérflua e tinha cheiro de justificativa.

Basson foi se sentar atrás de sua mesa.

— O que você espera de mim? — perguntou ele como se nada tivesse acontecido.

— Eu não sei mais como dizer. Não pensei que seria ruim...

— Eu lhe rogo, deixemos isso. O que você espera de mim?

— Eu lhe disse que queria servir meu país. E pensei que eu poderia, por exemplo, ser enviado ao Marrocos, trabalhar para estreitar os laços, como se diz, entre a metrópole e o império.

— Por que "como se diz"?

— Não sei. Estreitar os laços é uma expressão banal. "Como se diz" lhe aborrece?

— E por que particularmente o Marrocos?

— Marrocos ou outro lugar. Para mim tanto faz.

— Você quer ir embora?

— Não. Simplesmente tenho a impressão de que aqui não tenho nenhuma serventia.

— Você se engana. Pode ser muito útil. Temos um espaço imenso a preencher. Jamais seremos suficientemente numerosos para reconstruir a França.

— Sou da mesma opinião.

— Você! Da mesma opinião que eu!

— Sim.

Basson olhou para seu amigo da mesma maneira que um padre olharia para um ator de cabaré.

— Não sabia que você estava tão preocupado com o futuro da pátria — prosseguiu Basson.

— Eu não estava. Mas aconteceram coisas que me fizeram mudar.

— Então você quer reconstruir a França?

— Quero fazer o que posso.

— No fundo, você não sabe muito bem o que quer fazer.

— Talvez você tenha razão...

— Mas tem uma coisa que você sabe. Quer deixar a França.

— Não.

— Foi você quem acabou de dizê-lo.

— Acabo de dizer que gostaria de servir meu país.

Basson segurava uma lapiseira entre os dedos. Desenhava letras maiúsculas em um envelope. Mesmo falando, parecia completamente absorto por essa ocupação.

— Quer mesmo servir o país?

— Naturalmente. Se não o quisesse, não teria vindo procurá-lo. Teria ido morar tranquilamente em Berry, com minha mãe.

Basson pareceu transtornado com esse argumento.

— Então você quer ir embora! — disse.

— Acredito ser do interesse do governo enviar pessoas confiáveis às colônias.

Basson continuava desenhando.

— E Yolande?

— Está em Lyon. Estamos os dois em Lyon, eu já disse.

— Ela o acompanharia?

— Oh, não creio. Você sabe que ela tem uma loja. Quer voltar a Paris.

— E você, não quer?

Bridet se deu conta de que precisava mentir mais uma vez.

— É talvez o que farei se me aborrecer na casa de minha mãe e se não for embora.

— O que não entendo é por que você não colabora com os jornais. Eles estão todos justamente em Lyon.

Ao pronunciar tais palavras, Basson fechou várias vezes os olhos, como se lhe fizessem mal.

— Isso me desagrada um pouco. Esses jornais fazem todos um jogo duplo.

Basson levantou a cabeça pela primeira vez.

— O que você quer dizer com isso? — perguntou.

Bridet não ousou falar do Marechal.

— Eles não são sinceros.

— Você quer dizer que eles fazem como se estivessem do nosso lado, mas não estão.

— É isso.

— E isso lhe desagrada?

— Naturalmente. Não fosse assim, eu não estaria no seu escritório.

— Isso lhe desagrada mesmo?

— É o que acabo de lhe dizer.

— Sim, eu sei. Pode-se dizer isso.

Bridet sentiu um mal-estar. Olhou em torno de si. Poderia sair em breve? Não era este o escritório de um dos chefes da polícia? Basson era mesmo um amigo?

— Então é ao Marrocos que você quer ir? — perguntou o último.

— Sim, quero ir ao Marrocos — respondeu Bridet sem pensar no que dizia.

Não deveria ter dito mais claramente, há pouco, que estava a favor de Pétain? A observação de Basson o paralisara. Ele sentia que aqui as palavras não tinham valor algum. Um pouco como em um tribunal. Era preciso, contudo, botar as coisas em seu devido lugar.

— Você me disse há pouco — prosseguiu Bridet —, que lhe era desagradável me ouvir falar de Pétain. Mas você se esquece de que faz muito tempo que não nos vemos. Você não sabe o que penso. E eu quero que saiba.

Basson sorriu.

— Noto que você está nervoso.

— Tenho motivos para isso. Você parece duvidar de mim.

— Eu? Duvidar de você? Você está sonhando. Acha mesmo que se eu tivesse a menor suspeita sobre a sua sinceridade você estaria aqui, em meu escritório?

Bridet sentiu uma contração na boca do estômago. E por reação instintiva sorriu de volta.

— Tem razão. Estou nervoso. Tive tantos aborrecimentos...

— Sim, e que aborrecimentos! Sei do que se trata.

Basson levantou-se. Como se tivesse pressa em sair, enfiou seus cigarros e o isqueiro no bolso. Sentou-se de novo. Por sua vez, Bridet ergueu-se.

— Não saia ainda não — disse Basson. — Tenho algo importante para lhe dizer.

Bridet voltou a sentar-se. Olhou seu amigo com uma ligeira inquietude.

— Algo muito importante — prosseguiu Basson.

— O quê? — perguntou Bridet.
— Quero dar-lhe um conselho, um conselho de amigo.
— Quer me dar um conselho?
— Sim. E o conselho é: tome cuidado.

Bridet sentiu sua saliva amargar.

— Por quê? — perguntou fingindo profundo espanto.
— Eu repito: tome cuidado.
— Mas por quê?
— Tome cuidado e não se faça de imbecil.
— Existe perigo?
— Algo vai acontecer com você.
— Comigo?
— Sim, com você.
— O que vai me acontecer? Por quê?
— Você é inteligente o suficiente para me entender. Agora, falemos de outra coisa. Yolande não virá encontrá-lo aqui?

— O que vai me acontecer? Você tem que me dizer do que se trata.

— Não, não. Falemos de Yolande.

Nesse momento, a pequena campainha do interfone tocou. Basson falou alguns instantes e, como se Bridet estivesse interrompendo, fez-lhe sinal de que não adiantava insistir, ele não ia dizer nada.

— Pode mandar entrar — disse, enfim, antes de desligar.

Depois, dirigindo-se a Bridet, prosseguiu:

— Tenho que receber alguém. Queira sair e aguardar um instante no salão. Mandarei chamá-lo assim que eu estiver livre.

— Você me explicará o que quis dizer.
— Não, não. Eu já disse, falaremos de Yolande, de nossos amigos, de tudo, mas não de política.
— É por causa da política?
— Não me faça perguntas, não quero responder.

* * *

Bridet sentou-se no salão onde quatro ou cinco pessoas já aguardavam. Tinha o rosto coberto de suor. Suas mãos tremiam levemente. Ele as pôs sobre os joelhos para que ninguém percebesse. Elas continuaram tremendo. Escondeu-as debaixo do chapéu. O que Basson quisera dizer? Ele não parava de se perguntar.

"Eu não fiz nada", pensou. "Evidentemente, deixei muitas pessoas escutarem que queria ir para a Inglaterra, mas essas pessoas o queriam igualmente. Além disso, elas não são tão numerosas. Uma dezena, talvez. Admitindo que tenha havido mexerico, que exista um dossiê sobre mim, Basson, que não esperava minha visita, não tinha nenhuma razão para pedir para vê-lo. Pode ser que lhe tenham dito que eu sou gaullista. Mas ninguém poderia lhe dar provas. Eu mesmo nunca disse claramente que era gaullista. Disse que iria para a Inglaterra juntar-me às Forças Francesas Livres. É tudo. Basson talvez tenha sentido que eu não era a favor do Marechal. Quando disse que algo iria me acontecer, sem dúvida quis dizer que eu estava perdendo meu tempo querendo passar pelo que não era, que isso não colava e que com esse teatro eu ainda iria me dar mal. Talvez ache que eu vim espionar Vichy. Ou então, e isto seria muito mais grave, ele, Basson, seria gaullista do fundo do coração. E teria querido me dizer que minha admiração pela Revolução Nacional poderia, um dia, me custar caro."

Bridet podia esquentar a cabeça o quanto quisesse, ele não conseguia entender a que Basson fizera alusão.

"Perguntarei daqui a pouco e insistirei até que ele me responda, e se não quiser, oras, acabaremos com isso. Acharei outro jeito de ir embora. Ninguém é indispensável."

Bridet refletia quando um homem bem jovem e sem chapéu entrou no salão.

— Senhor Bridet? — perguntou ele.

— Sou eu, sou eu — disse Bridet endireitando o torso.

— Queira seguir-me, por gentileza — prosseguiu o rapaz.

— Certamente — disse Bridet bastante orgulhoso por ser atendido antes das pessoas que aguardavam e que haviam chegado antes dele.

— O Sr. Basson já terminou? — perguntou Bridet no corredor.

— Eu não o vi.

— Como!? Não foi ele quem enviou você? — perguntou Bridet, subitamente tomado por um tremor.

— Não sei.

— Mas aonde vamos? Não posso me afastar. O Sr. Basson está me aguardando.

— Vamos aqui perto, nos Assuntos Argelinos.

— Ah, sim — disse Bridet, soltando sem querer um profundo suspiro.

Agora tudo se explicava. Apesar de tudo, Basson era um verdadeiro amigo. Ele o inquietara um pouco, sem razão, só para se divertir, por capricho. Bridet lembrou nesse momento que Basson sempre agira dessa forma. Gostava de recusar o que lhe pediam, de parecer sempre cheio de reticências e de mistério e depois, quando não se contava mais com ele, percebia-se que tinha feito além do que se esperava dele. Decididamente, ele não mudara. "Preste atenção, algo vai lhe acontecer, aguarde-me no salao..." E depois, fazia o necessário.

Bridet e o empregado seguiram por um longo corredor entrecortado por portas sobre as quais havia números pintados com tinta esmalte. Quando uma delas se abria, percebiam-se funcionários, máquinas de escrever e, ao longo das paredes, pilhas enormes de papeladas e de dossiês encostados, largados, aos quais certamente deviam faltar pedaços importantes.

— Entre, senhor — disse o empregado, abrindo uma porta e lhe dando passagem com uma polidez um pouco maquinal.

Bridet se encontrava agora em uma saleta coberta por um tapete bege pregado. Havia apenas uma mesa e uma cadeira.

— Sente-se, senhor, vou ver se o diretor pode recebê-lo.
— Que diretor? — perguntou Bridet.
— O Sr. de Vauvray, o diretor.
— Ah, sim! Está bem, vou me sentar — disse Bridet, sentindo de novo um mal-estar.

Alguns minutos se passaram.

"Tem alguma coisa que ainda não estou entendo muito bem. Basson me solicitou que esperasse no salão enquanto ele recebia um visitante. Onde encontrou tempo para falar com esse Sr. de Vauvray? Tudo isso está um pouco rápido demais, acho eu."

Uma porta de comunicação com o cômodo vizinho se abriu e o empregado, sem avançar, fez um sinal para que Bridet viesse. Essa outra sala era bem maior e tinha um aspecto de escritório particular.

O Sr. de Vauvray, pois certamente era ele, estava de costas para a porta. Tinha as mãos no bolso. E olhava pela janela como se, por timidez ou por receio de parecer embaraçado, preferisse não ver seus visitantes enquanto eles ainda não tivessem adentrado seu escritório.

— Senhor diretor, aqui está o Sr. Bridet, disse o empregado.

Ele se virou e, assumindo um ar surpreso de alguém que não ouvira nenhum barulho, tirou as mãos do bolso e foi ao encontro do visitante com um sorriso.

— Ah! É o senhor — disse ele. — Estou encantado em conhecê-lo. Sente-se, acenda um cigarro.

Em seguida, voltando-se para o empregado, completou:

— Você pode se retirar.

O diretor era um homem jovem, 25 anos no máximo, porém, contrariamente aos funcionários dessa idade, aparentemente não tinha ares de levar-se muito a sério. Era sem afetação, bom garoto, tinha-se a sensação de que ele devia ser considerado autêntico em seu meio. Era tranquilizador.

— Estou contente em conhecer o senhor — repetiu ele, mas dessa vez entoando as palavras com gestos destinados a ressaltar seu valor.

— Igualmente, senhor — disse Bridet.

— Nosso amigo Basson falou-me longamente de você. ("Quando?", Bridet se perguntou mais uma vez.) É desnecessário dizer que estou à sua completa disposição, mas é preciso que saiba que o Marrocos não depende do Interior. Depende dos Assuntos Estrangeiros. Se o senhor quer ir para a Argélia, é a mim que precisa se dirigir. E, nesse caso, repito que estou à sua completa disposição.

— O senhor é muito amável — disse Bridet.

— É natural. O senhor é um amigo de Basson. Eu mesmo sou amigo dele. Se pudermos ser úteis, ficaremos muito felizes. Quando o senhor quer partir?

— Em quinze dias. Não estou tão apressado.

— Veja só, eu pensava, ao contrário, que o senhor estava bem apressado. Basson pareceu-me ter dito que...

— Não, claro que não. Não estou de modo algum apressado. Eu só iria, aliás, se tivesse a possibilidade de fazer alguma coisa por lá. Justamente, devo falar com Basson de novo a respeito disso.

— Nessas condições, não há pressa.

— Não, não há pressa.

— Bem, sabe o que vamos fazer? Já que está aqui, passe à sala ao lado e preste ao jovem rapaz que você viu há pouco todos os esclarecimentos que nos são necessários. Oh! Não é nada de mais, são simples formalidades, faremos em seguida tudo o que deve ser feito e o senhor só terá de voltar quando quiser buscar o seu salvo-conduto. Veja só, nada é mais simples.

Ao deixar o escritório do empregado, o Sr. Bridet pediu ao secretário que lhe anunciasse a Basson. Preencheu uma ficha e ficou aguardando. O secretário voltou pouco depois. Ele tinha a ficha em mãos.

— O Sr. Basson saiu — disse ele.

* * *

Bridet foi sentar-se à margem do Allier. O dia estava magnífico. As árvores começavam a se avermelhar. O céu era de um azul intenso, e o sol nesse azul tinha um brilho ainda maior.

"No fundo, consegui o que queria", pensou Bridet. Porém, não estava satisfeito. Sentia que uma ameaça pesava sobre si, ameaça da qual ele não podia esquivar-se, pois, de certo modo, tornara-se prisioneiro dos passos que acabara de dar. Não podia ir embora. Era preciso aguardar os papéis que estavam sendo emitidos, sem o que sua conduta pareceria estranha. Mas, enquanto aguardava, sabia-se onde ele estava, podia-se vir procurá-lo, ele estava à mercê da polícia. E o mais penoso era ter de fingir que não percebia, ter de encenar a comédia de consciência tranquila, não se trair e parecer fruir desses dias de espera como se fossem férias...

"E quando penso que fui idiota o suficiente para dizer que não tinha pressa."

Pensou por um instante em retornar ao ministério. Mas nada é mais desagradável do que mudar de ideia frente àqueles que nos fizeram uma gentileza.

"E se eu partisse assim mesmo, e se eu mandasse tudo pelos ares!", murmurou de repente.

Não, seria demasiado infantil, no momento em que alcançava o que queria, abandonar-se a temores imaginários. Isto não o levaria a lugar nenhum. Aliás, em breve, acabaria seu dinheiro. Fazia três meses que estava nessa vida, pois, a cada vez que uma situação se apresentava, fora tomado pelo medo. O mais difícil agora estava feito. Ele viera a Vichy. O que pedia fora-lhe concedido, era apenas esperar.

Voltou ao hotel. Porém, ao ver uma carta em sua caixa, inquietou-se. Excetuando as pessoas do ministério, não tinha falado com ninguém e ninguém sabia que estava morando lá. Quem poderia ter-lhe escrito tão rapidamente? Não poderia ser uma carta vinda pelo correio. Alguém trouxera essa carta. Mas quem e por quê?

Pegou a carta. E subitamente sentiu um imenso alívio. Não era endereçada a ele. A dona do hotel devia ter se enganado de caixa.

— Você me deu uma carta que não é para mim — disse Bridet em um tom desagradável.

A proprietária olhou o envelope. Estava tão nervoso que, por um instante, temeu que ela afirmasse que não tinha se enganado nem um pouco, que a carta era endereçada a ele mesmo. E quando, enfim, ela se desculpou, ele sentiu de novo um profundo alívio.

3.

De manhã, ao acordar, Bridet teve de súbito a impressão de que fora desajeitado. Sua vontade de ir embora era tão grande que ele não tinha pensado um instante em satisfazê-la por meios escusos. Tinha ido direto ao ponto. Seu primeiro gesto fora o de requisitar um passaporte, um salvo-conduto. Desvelara seu jogo de maneira idiota. Deveria, primeiro, ter começado contatando as pessoas que conhecia, falando de seu desejo em ser útil, fazendo manobras de maneira que lhe dissessem: "O senhor deveria ir para a África, Bridet...". Teria deixado que o constrangessem. Não seria nem ele quem teria pedido os documentos. Do gabinete do Marechal, teriam telefonado a Basson: "Queira fazer o favor de ocupar-se do Sr. Bridet. Nós o encarregamos de uma missão em Rabat. É urgente". E, somente nesse momento, teria ido falar com Basson. A entrevista teria sido bem diferente. Ele teria dito com um ar aborrecido: "Eles são terríveis, nossos amigos, eu queria ao menos ter tido tempo de dar um passeio em Berry...".

Ao se vestir, Bridet ficou refletindo sobre como consertar sua falta de jeito. No fundo, as pessoas tinham mais o que fazer do que ficar seguindo detalhadamente seus gestos e movimentos. Se hoje ele fizesse uma visita a Laveyssère, por exemplo, e obtivesse dele uma missão, em uma semana, quando retornasse ao Interior, Basson não perceberia nada. Bridet agiria como se já houvesse sido encarregado da missão quando viera da primeira vez. Se visse um pouco de surpresa em Basson ou em Vauvray, diria ingenuamente: "Ah! Eu achei que estavam a par".

Aliás, não seria preciso ir tão longe. As pessoas têm preocupações pessoais em excesso. E retêm apenas o que há de marcante em nossos atos.

Ele tinha molhado os cabelos e deixado o chapéu de feltro desbotado no hotel. Assim estava mais conforme pois, depois do armistício, uma aparência desleixada causava péssima impressão. Aparentava-se não haver reagido ao infortúnio. Dava-se a entender, assim, não estar tão entusiasmado com o Estado francês.

Como eram somente dez horas, Bridet foi caminhar pelas ruas de Vichy. Passou um automóvel. Era o terceiro seguido em que o elegante condutor segurava o volante apenas com uma mão e deixava a outra pendendo negligentemente para fora. O poder já estava solidamente instalado. Sua primeira preocupação fora lutar contra o desalinho. "Este não é o momento", pensou Bridet, "de andar por aí de cara cheia".

Um regime putrefato desabara. Em seu lugar surgiam enfim a limpeza e a ordem. Os soldados que montavam guarda em frente aos ministérios ou seus ridículos anexos usavam luvas brancas que subiam até o cotovelo e o capacete sem viseira das unidades de tanques. "Estão fazendo o gênero tropa de elite", murmurou Bridet ao passar diante deles engolindo metade das palavras por não saber se queria ou não ser ouvido.

* * *

Como flanava por uma passagem, Bridet adentrou em uma espécie de mercadinho elegante onde se vendiam suvenires de Vichy, cartões postais, cálices em estojos de vime escurecido. Bridet pediu de maneira bem teatral para ver as machadinhas[4]. Era para presentear uma moça. Queria uma de vidro colorido, se possível.

— Nunca tivemos este artigo.

— Como é possível? — exclamou Bridet com um ar indignado. — Eu as vi em Clermont-Ferrand, Lyon, Saint Etienne e não veria aqui, em Vichy?

— Não, senhor. Mas nós temos vários outros artigos. Este broche não lhe agrada?

— Oh! Que ideia encantadora! É a primeira vez que vejo um desses — disse Bridet, examinando por todos os lados um brochezinho que representava o quepe e o bastão do Marechal com as sete estrelas. — Quero dois deste. E será que a senhora não teria também uma fotografiazinha diferente de Pétain que eu pudesse carregar comigo?

— Não, senhor. Temos apenas os retratos que o senhor viu na vitrine, ou então os cartões postais que todo mundo conhece.

— Lamentável — disse Bridet.

Nesse momento, notou que a vendedora se segurava para não dar risada. De repente, ela sumiu e outra vendedora veio substituí-la.

Bridet fingiu não ter percebido nada, mas, quando saiu da loja, disse em voz alta e de maneira a ser escutado pelos passantes: "Decididamente, os franceses ainda não entenderam nada e o futuro lhes reserva um bocado de desilusões".

Ainda era um pouco cedo para telefonar a Laveyssère. "Seja como for, é preciso ter descido bem fundo para se deixar diminuir a ponto de representar semelhante comédia",

---

4   No original, "*francisques*", tipo de machado utilizado como insígnia do Marechal Pétain e do Estado francês. [N.T.]

pensou Bridet. E foi sentar-se no parque, no terraço da Restauração. Reconheceu parlamentares. Estes caminhavam de braços dados. Paravam, soltavam-se, gesticulavam ao falar, voltavam a dar-se os braços. Não pareciam tão abalados pelos acontecimentos. Generais passavam também, com um passo apressado.

Às dez e meia, Bridet telefonou ao Hôtel du Parc. O mais rápido teria sido ir até lá, mas a lembrança de sua visita a Basson lhe deixara uma impressão muito negativa. Era melhor convidar Laveyssère para um almoço.

A confiança que se depositara sobre este último, ao lhe permitir que fizesse parte do círculo imediato do Marechal, tinha razões mais sérias e honrosas do que aquelas que estavam em jogo antes da guerra. Nenhum poder oculto havia favorecido o jovem médico de Bordeaux. Naturalmente, ele não era nem judeu, nem franco-maçom, nem comunista. Era simplesmente o sobrinho do irmão do general Feutrier, que era um camarada da época da promoção do Marechal, em 1875.

* * *

Às quinze para uma da tarde, encontraram-se na cervejaria Lutetia. Laveyssère não dispunha como Basson de um poder efetivo, mas talvez ele o tivesse em maior grau em virtude da facilidade de aproximar-se do Marechal e, sobretudo, por outros laços de família que o aparentavam, pelas esposas, ao doutor Ménetrel[5].

Depois de contar o que lhe acontecera após a retirada, aventura que ele chamava de "minha odisseia", Laveyssère falou da Paris pós-armistício, aonde voltara para buscar seus ternos. O que ele recordava de sua viagem era, sobretudo, que os alemães tinham instalado-se nos mais belos hotéis: o Ritz, o Crillon e o Claridge. Ele contou o doloroso efeito que lhe provocou ver os oficiais boches se considera-

---

5 Médico e conselheiro particular de Pétain em Vichy. [N.T.]

rem em casa nesses hotéis tão elegantes. Era revoltante. Em seguida, falou de desfiles de tropas alemãs que haviam durado seis horas. "E quanto equipamento eles tinham!".

Bridet perguntou se eles tinham um ar arrogante. Laveyssère refletiu um pouco, como um homem que não quer dizer nada sem ter certeza. Com toda sinceridade, não podia afirmar que os alemães fossem arrogantes. Eles tinham, na verdade, um ar de tristeza bastante inesperado em se tratando de vencedores. Dir-se-ia que estavam cientes de que não fora a verdadeira França, a nossa, que eles haviam vencido, e que se sentiam incomodados frente à população que, ela sim, era essa verdadeira França. "A verdade, devo dizer", prosseguiu Laveyssère, "é que essas pessoas não entendem por que lhes declaramos guerra". Eles ainda tinham um profundo respeito pela nossa civilização. E se davam conta muito bem de que sua vitória tão rápida não nos destituíra daquilo que nos fazia superiores a eles.

Contou, em seguida, uma porção de pequenas anedotas das quais se depreendia que os alemães estavam preocupados, sobretudo, em nos deixar uma boa impressão, de nos mostrar que também eles sabiam viver. A Sra. James Laveyssère tinha sido agarrada em plena luz do dia por um soldado embriagado na *Avenue* des Champs-Élysées. Um oficial interveio e "peço-lhe que acredite", continuou Laveyssère, "que esse desvio de conduta deve ter custado caro ao soldado". Os alemães eram certamente severos, porém eles tinham o direito, pois o eram igualmente consigo mesmos.

— No fundo — disse Bridet — eles não são aquilo que nos haviam dito.

— Oh! Mas não mesmo...

— Eu suspeitava.

— Havia gente demais querendo nos apresentá-los como bárbaros que comem cabeças de criancinhas.

— Os judeus e os comunistas — disse Bridet.

Ele se sentia mais à vontade do que com Basson. Laveyssère jamais brilhara pela inteligência. A atmosfera do restaurante, bem parisiense e pré-guerra, o fato de que Laveyssère parecia tão certo do que dizia, davam segurança a Bridet. Ele pensou que deveria aproveitar a situação para se posicionar mais claramente do que com Basson. Desta vez, acreditariam nele.

— Felizmente — disse — agora temos no comando homens que compreendem. Ah! Se os tivéssemos antes.

— O senhor tem razão, Bridet.

— É preciso que nos entendamos com os alemães, digo isso desde 1934. Pessoalmente, sempre tive simpatia por eles. Seja como for, são pessoas que têm qualidades extraordinárias. Independentemente de quão pouco gostemos deles, é preciso reconhecer que têm grandes qualidades. Aliás, creio que hoje ninguém mais duvida disso.

Laveyssère não respondeu. Bridet, temendo por um momento ter ido um pouco longe demais, completou sorrindo:

— Eu preferiria, no entanto, que eles voltassem para casa.

Laveyssère sorriu de volta.

— Eles também — falou com o ar de um homem que tem suas informações privilegiadas — eles prefeririam estar em casa.

— Nesse caso, nos entenderemos prontamente.

Uma vez que o tom da conversação tinha se suavizado, Bridet achou que o momento era propício para falar de si mesmo.

— Enquanto aguardamos, trabalhemos. Quanto mais fortes nós formos, quanto mais soubermos botar ordem na nossa casa, mais os alemães nos respeitarão. Nosso Império é um ativo de primeira ordem. Pessoalmente, eu não lhe esconderia que, se eu pudesse servir nossa verdadeira França, seria o mais feliz dos homens.

Como Laveyssère não parecia entender aonde Bridet queria chegar, este teve a sensação de que deveria falar um pouco mais da Revolução Nacional. Estava tímido demais. Faltava-lhe entonação. Estava cometendo o mesmo erro que com Basson. Falar dos boches era muito bom, mas era preciso falar também do Marechal. "O que é, então, que sempre me detém?", perguntou-se. Olhou Laveyssère, que comia sem apetite. Sentia-se que os problemas que lhe eram colocados o atarantavam e que ele buscava honestamente compreendê-los. Bridet tinha bebido um pouco mais do que de costume. Deu um leve toque sobre a mesa para chamar a atenção do outro.

— Estamos falando demais — disse bruscamente. — Deveríamos abrir a boca somente para gritar: "Viva a nova França que acaba de nascer!".

Laveyssère acendeu um cigarro. Parecia refletir. Depois, fixando seu olhar no de Bridet, falou com certo amargor:

— Infelizmente, não é todo mundo todo que pensa como nós. As forças do mal não estão desarmadas.

Bridet sentiu que tudo estava indo muito bem.

— Se elas ainda existem, nós só temos de eliminá-las. O interesse da França antes de tudo! Um dia desses irei me encontrar com o senhor e então direi o que pretendo fazer, em minha pequena esfera, para contribuir para a nossa salvação.

— Mas certamente. Venha me ver quando quiser. Trataremos de colocar alguma coisa em prática.

Neste momento, Basson entrou no restaurante. Estava acompanhado por um homem de barba cinza que correspondia muito bem à ideia que se tem de um velho republicano. Ele segurava um grande chapéu de feltro de bordas retas. Tinha um aspecto um tanto desleixado, que destoava naquele restaurante. Basson aproximou-se da mesa, enquanto seu companheiro esperava a alguns passos de distância.

— E então, ainda a favor de De Gaulle? — Basson disse rindo.

Bridet corou. Laveyssère, que se apressava em perguntar a Basson se ele tinha respondido a uma circular, voltou-se espantado para Bridet.

— Um verdadeiro gaullista, um puro sangue do gaullismo, do degaullismo — continuou Basson dando tapinhas amigáveis nas costas de seu camarada.

— Eu? — exclamou Bridet.

— Estou surpreso — falou Laveyssère.

— Oh! é que ele esconde bem o seu jogo — prosseguiu Basson ainda rindo.

Como Bridet estava visivelmente transtornado, ele completou:

— Vamos, vamos, se a gente não pode nem caçoar...

Em seguida, virando-se para o homem que aguardava a alguns passos...

— Chegue mais perto, Rouannet, que lhe apresento um de meus velhos amigos.

— Estou lisonjeado — disse o homem que aparentava ser um velho republicano, inclinando-se com respeito.

— Meu amigo Bridet é dos nossos. Ele hesitou um pouco, procurando saber de onde vinha o vento, mas, enfim, encontrou seu caminho. Não é, Bridet?

— Eu lhe rogo...

Dirigindo-se a Rouannet, Basson continuou:

— O senhor ainda o verá, Rouannet. Ele precisará do senhor.

Depois, voltando-se para Bridet:

— É com ele que o senhor vai tratar. Rouannet é um precioso colaborador.

— Ficarei contente se eu puder ajudá-lo — disse este, sempre com muito respeito.

Depois, afastou-se por discrição.

Alguns instantes depois, quando Bridet ficou de novo a sós com Laveyssère, falou:

— Que sujeito, esse Basson! Não é o tipo de brincadeira que se faz em um momento como este.

— Foi realmente de muito mau gosto! — constatou Laveyssère.

— Se ele acha que ser gaullista é vir até Vichy para colocar-se às ordens do Marechal... Se um homem como eu é gaullista, então não entendo mais nada, um homem que perdeu tudo por causa desse bando de comunistas, judeus e francos-maçons... Pois são eles os responsáveis, foram eles que nos puseram onde estamos... Mas eu realmente espero que eles paguem... E caro. Não será nunca caro demais... Um homem que era feliz... Que vivia tranquilamente sem fazer mal a ninguém...

Bridet se animava, tinha, enfim, encontrado a entonação.

— Eu? Gaullista! Essa é boa! Depois de tudo que essa corja fez ao meu país... É incrível que não tenhamos encontrado mais cedo verdadeiros franceses que os trouxessem à razão. Mas agora tudo está mudado. Acabou a politicagem, o pistolão, o combinado.

Como Laveyssère se contentava em acenar com a cabeça, Bridet, fingindo ter tamanho desgosto por todos esses traidores que não os podia sequer mencionar, mudou bruscamente de tom.

— Não quero me encolerizar — disse.

— Eu não estou entendendo — observou então Laveyssère — por que o senhor levou tão a sério a brincadeira de Basson.

Durante um instante, Bridet não soube o que responder. E, recompondo-se:

— Se lhe dissessem que o senhor é gaullista, isso não lhe agradaria nem um pouco!

— Eu não me importaria.

— Talvez porque o senhor não tenha perdido tudo, como eu.

— O que está querendo dizer? O que então o senhor perdeu?

Bridet sentiu um suor frio escorrer por suas costas. Estava se complicando.

— Eu perdi meu país — exclamou abrindo os braços.

Laveyssère o olhou como um desconhecido que tivesse vindo se sentar à sua mesa.

— Bem, agora eu não o estou mais entendendo...

— Como assim? — bradou Bridet, tentando esconder seu desarranjo sob a indignação.

— Não, não o estou mais entendendo.

— Não consegue entender que um homem possa estar indignado por ter sido vendido, traído por essa corja da Frente Popular, por todo esse bando de calhordas e de comunistas!

Laveyssère estava cada vez mais distante.

— Isso, em rigor, eu compreendo — disse secamente.

— Bem, veja só, o senhor está de acordo comigo! — disse Bridet, aproveitando da ocasião para suavizar-se de maneira natural.

— Não, não estamos de acordo — prosseguiu Laveyssère que se dirigia a Bridet como se tivesse acabado de conhecê-lo.

— Sou eu quem, neste momento, não está mais o entendendo.

— É que decididamente nós não temos a mesma forma de ver as coisas.

— O senhor acha?

— Mas absolutamente! Nós, revolucionários nacionais, não fomos surpreendidos pelo que aconteceu. Nós o previmos. Nós o dissemos e repetimos. Nós não julgamos que perdemos grandes coisas. Não temos, portanto, por que nos enraivecer. O tempo das vãs gritarias está terminado. Não queremos mais ouvir as pessoas berrando sem parar como o senhor acabou de fazer, franceses contra franceses. Uma nova França está nascendo. Ninguém poderá impedi-lo.

— E os judeus, e os comunistas, e os francos-maçons?!... — exclamou Bridet ao acaso, sem saber mais muito bem o que devia dizer.

— Eles não existem mais. E se eles estão tão cegos a ponto de não o perceber, a ponto de se oporem ao nascimento dessa nova França aureolada pelo sofrimento, a ponto de quererem tocar, com a ponta de seus dedos ensanguentados, essa criança pura e gloriosa, desafortunados sejam eles! Serão implacavelmente castigados. Essa nova França, cujo lema é e será: "Trabalho! Pátria! Família!", tem os olhos voltados para nós e se ela nos pede socorro, nós, os homens do Marechal, saberemos defendê-la, peço que acredite em mim.

4.

Assim que se despediu de Laveyssère, Bridet sentiu necessidade de ficar sozinho, de não ver mais nenhum rosto humano. Sentou-se no salão dos fundos de um café. "Não há nada a fazer nesta cidade", pensou, "eles são todos os mesmos. São pessoas realmente pobres. E perigosas, pois acreditam terem sido relegados ao desconhecimento por muito tempo. Não se sabia que tinham qualidades tão grandes. É impossível dialogar com eles. Estão persuadidos de que o poder que os alemães lhes entregaram lhes viria de qualquer forma. As circunstâncias fizeram com que ele viesse de um jeito bem particular, mas já que ele lhes era devido, eles não podiam recusá-lo".

Após ter pago o que consumiu, Bridet saiu: "Não vou voltar ao hotel. Pouco importam meu chapéu, minha navalha e minha camisa extra. Eles são capazes de me esperar na porta e de me conduzir às instalações da polícia, não mais judiciária, como se dizia em Paris, mas nacional, já que tudo agora é nacional. Nunca fomos tão nacionais. Vou simplesmente pegar o trem e voltar para Lyon. Lá, verei o que devo fazer. Que pena eu não ser da Bretanha ou do Cotentin. Teria encontrado por lá pescadores que me poriam em seu barco, mas sou do Berry e, em se tratando de pescadores, na minha terra temos só pescadores de anzol".

Bridet subiu a avenida da estação. Enquanto normalmente ele sempre olhava à esquerda e à direita com a esperança de encontrar o amigo que o socorreria, ele baixou a cabeça. Não queria ver ninguém. "E, como um idiota", pensou, "eu imaginei que, ao vir para cá, encontraria pessoas que apenas fingiam ser favoráveis aos boches, mas que, por baixo dos panos, me ajudariam... Que estaríamos entre franceses, que apoiaríamos uns aos outros".

Ao desembocar na grande praça de estação, a atenção de Bridet foi subitamente despertada. Havia muita gente. E até carruagens de aluguel com guarda-sóis franjados. Mas havia também, em frente à interminável fachada da estação, em quatro ou cinco lugares, uma cena simples que chamou sua atenção. Homens aos pares, de mãos vazias, caminhavam encarando todo mundo e, de tempos em tempos, seja por acaso, seja porque um rosto não lhes agradara, interpelavam um passante ou um viajante. À primeira vista, Bridet tinha acreditado que essas pessoas se conheciam, mas, como a cena se renovava sem cessar em pontos diferentes e de forma idêntica, ele compreendeu que se tratava de uma verificação, que desejava ser discreta, de carteiras de identidade. Um dos homens examinava os documentos que lhe estendiam, enquanto o outro já procurava no entorno a quem ele se ateria. O mais curioso era que os passantes não percebiam nada, que a vida continuava, que os viajantes desciam de um ônibus, que outros carregavam malas, compravam jornais, chamavam um funcionário.

Bridet deu meia-volta e desceu de novo a avenida da estação. Pegou a primeira rua que se apresentou à esquerda. Vichy era mesmo pequena. Ele não demoraria a encontrar-se em outra praça e talvez presenciasse os mesmos incidentes. Essa sensação de não poder escapar para o exterior, de estar sempre em um lugar onde poderiam pedir seus documentos, causou-lhe um profundo mal-estar. "E, contudo, estou regularizado", refletiu.

Foi aos correios telefonar ao Hôtel Carnot para reservar um quarto. O telefone até que funcionou bem, levando em conta a situação. As pessoas que se encontravam no comando da administração tinham realizado prodígios. Sentia-se que para eles era uma questão de amor próprio. Não era porque tínhamos sido derrotados pelos alemães que não seríamos capazes de dirigir nossos negócios. O mesmo valia para as ferrovias e para a arrecadação de impostos. Enfim, tudo se punha a funcionar "apesar das condições excessivamente difíceis criadas pela nova situação que resultava da divisão da França em duas zonas e da presença, em uma parte de seu território, de um exército estrangeiro de ocupação", como diziam os jornais. Os poderes públicos, no decorrer dos últimos meses, tinham conseguido verdadeiras façanhas. De maneira muitas vezes improvisada, tinham efetuado o repatriamento de milhões de refugiados, concretizado a desmobilização e o reemprego de milhões de homens. Tinham reconstruído pontes, colocado de pé toda uma organização de revitalização que causava inveja aos próprios alemães. Isso provava que não éramos esse país decadente pelo qual queriam nos fazer passar.

Bridet conseguiu se comunicar com Lyon sem demora. Infelizmente, o Hôtel Carnot, que não dependia dos poderes públicos, não dispunha de nenhum quarto livre.

Por um instante, Bridet se perguntou se devia ir embora assim mesmo. Não ia parecer estranho partir assim, bruscamente, sem ter prevenido ninguém?

Bridet saiu dos correios. O horário do trem se aproximava. Mas o que fazer? A simples perspectiva de voltar ao hotel o oprimia.

Era ridículo, mas era assim. Esse hotel tão calmo, tão provincial e correto inspirava-lhe um temor cada vez mais intenso. "Talvez eu pudesse voltar e me encontrar com Vauvray, a fim de não importunar Basson, e dizer-lhe que vou passar alguns dias com minha mulher enquanto aguardo que os documentos estejam prontos." No entanto, ele tinha pelo ministério o mesmo sentimento que pelo hotel. "Eu deveria ter dito isso quando estava no restaurante com Basson e Laveyssère. É incrível como estou sempre um passo atrás de onde deveria estar."

Bridet voltou a subir maquinalmente em direção à estação. "Vou-me embora. Escreverei de Lyon. E enviarei algo ao hotel também. Afinal de contas, posso muito bem ter saltado no trem como se salta em um ônibus, ainda mais porque minha presença aqui não é necessária. Disseram-me para retornar em uma semana, eu retornarei em uma semana..."

Chegando à estação, Bridet se certificou primeiro de que os policiais tinham mesmo ido embora. Obteve sua passagem depois de ter ficado na fila por mais de uma hora. Na plataforma, havia uma multidão. "Não seria uma boa hora para encontrar Basson mais uma vez." A cada extremidade da plataforma havia um grupo de policiais. Eles subiriam no trem dai a pouco e, pegando o corredor, encontrar-se-iam no meio.

* * *

Bridet chegou em Lyon às nove e quinze, com apenas sete minutos de atraso, e se encaminhou imediatamente ao hotel onde sua mulher estava morando. Ele conseguira jantar razoavelmente no vagão restaurante.

Yolande, que fora avisada por uma funcionária do Hôtel Carnot, o estava esperando. Eles se sentaram no fundo do saguão.

— E então, como foi lá? — perguntou ela.
— Muito bem. Não foi de todo mal.
— Muito bem ou não foi de todo mal?

— Eu lhe direi em alguns dias. Estão encaminhando meu salvo-conduto. É preciso telegrafar ao governo. Há algumas formalidades, mas, a princípio, deixarei o país.

— Por que você não trouxe sua mala?

— Assim era mais cômodo.

— E depois vai encontrá-la?

— Espero que sim. Aliás, amanhã vou escrever ao hotel.

Yolande o olhou com espanto.

— Você compreende, decidi ir embora repentinamente. Não tive tempo de voltar ao hotel.

— Sim, imagino — disse ela. — Você quis ir embora o mais rápido possível.

— Não foi, não. Tanto é que vou voltar a Vichy.

Eles deram duas ou três voltas na Praça Carnot, que estava mergulhada na mais profunda escuridão. Avistava-se o relógio iluminado da estação. Eles falaram de sua separação e, depois, como sombras começavam a rodeá-los, voltaram ao hotel.

— Talvez seja preciso avisar que você vai dormir comigo — observou Yolande. — Teoricamente, é necessário fazê-lo. A polícia vem aqui toda hora.

— Oh! Estou começando a me encher de todos esses controles e de todas essas verificações. Que façam o que quiserem, esses policiais. Eu mesmo vou subir para dormir, pronto, já está resolvido.

Bridet dormiu mal. A cama era pequena demais para dois. Às quatro horas da manhã, ele se levantou, vestiu o sobretudo, enrolou nas pernas um casaco de sua mulher e sentou-se na poltrona. Já estava cochilando quando, de repente, escutou baterem à porta do quarto vizinho. O dia devia estar raiando, pois uma leve claridade passava através da persiana, a não ser que fosse a lua. Ele olhou o relógio. Eram cinco e vinte. Agora, ouvia sons de vozes e um burburinho no quarto ao lado. "Sempre esses eternos viajantes", pensou. Porém, no mesmo instante, soaram em sua porta três ou quatro golpes seguidos. "Onde você está?", perguntou Yolande, que acordara sobressaltada. "Estou aqui." "Foi você quem bateu?" "Não."

Ele acendeu a luz. Bateram de novo.

— Abra, abra, polícia — ouviu ele.

— Polícia? — perguntou Bridet sem saber o que dizia.

— Abra. Polícia.

Bridet obedeceu. Havia dois homens no corredor. Eles falavam com um terceiro personagem, que estava um pouco mais afastado lendo um documento. À direita, no fundo do corredor, ouviam-se mais barulhos. Tratava-se visivelmente de uma revista policial e Bridet logo teve a sensação reconfortante de que não era ele pessoalmente que estavam buscando. De fato, mesmo tendo aberto a porta, por enquanto ninguém se interessava por ele.

— Diga para a senhora se vestir — falou o policial ao notar que Yolande estava na cama.

— Você está com a lista? — perguntou o segundo policial ao que lia.

— Um instante.

— Qual quarto é esse? — inquiriu aquele que tinha pedido para Yolande se vestir, procurando o número na porta.

— 72 — disse Bridet.

— Não estou mais entendendo, disse o policial. Pulamos do 68 ao 72. Onde é que estão os quartos intermediários?

— No fundo do corredor — disse Yolande enquanto se vestia.

Um quarto e um quinto policial apareceram, vindos justamente do fundo do corredor.

— É um labirinto, esse hotel — disse um deles. — Deste lado está tudo feito?

— Sim, exceto o sujeito do 64 que não consegue encontrar os documentos.

— Quem é esse sujeito?

— Parece ser um estrangeiro. Deve ser um judeu.

— Vamos precisar embarcá-lo.

Bridet foi pegar sua carteira na jaqueta e tirou dela sua identidade e seu comprovante de desmobilização.

— Tome, disse aos policiais que acabavam de entrar no quarto.

— Mas que quarto é esse? Perguntou mais uma vez o policial sem nem pegar os papéis.

— 72.

— Ah! Mas então — disse o policial — o que você está fazendo aqui?

— É o quarto de uma pessoa só, uma mulher — disse o segundo policial olhando a lista. — Quem é a Sra. Bridet?

— Sou eu — disse Yolande.

— E eu sou o marido dela — disse Bridet. — Cheguei de Vichy ontem à noite. Sem saber onde dormir, vim passar a noite aqui, com minha mulher.

— Você não preencheu sua ficha.

— Não pensei que fosse necessário, já que temos o mesmo sobrenome.

— Deixe-me ver seus documentos.

O policial ficou examinando-os longamente, depois chamou seu colega e lhe passou os papéis, que este examinou também.

— Você se chama Joseph Bridet?

— Sim.

— Você está com a lista? — perguntou o policial ao seu colega. — Dê-me aqui — ele folheou longamente a lista, depois ficou calado por um tempo.

— Você é o marido dessa senhora?

— Sim.

— Sua carteira de identidade não tem número.

— Eu sei bem. A culpa não é minha.

— E este comprovante de desmobilização, o que é?

— Você já viu um comprovante como este, Robert?

— É um comprovante de desmobilização. É o que deram a todos nós, depois do armistício, para provar que fomos desmobilizados regularmente, já que se queria tanto fazer tudo de acordo com as regras.

— Você viu esse comprovante? — disse o policial ao colega. — Veja com atenção.

O policial o examinou longamente.

— O carimbo? É um carimbo da polícia, e não do exército.

— Perfeitamente. O comandante não tinha carimbo. Ele pegou um emprestado da polícia.

— Não. A assinatura, a assinatura. Estou falando da assinatura.

— Sim. E então?

— Não está percebendo nada, Robert?

— Não.

— É a mesma letra. Quem preencheu a ficha é a mesma pessoa que a assinou.

— De fato — disse Bridet. — Vou lhes contar como é que isso aconteceu. Não há nada mais simples. No momento do armistício, após ter me perdido de minha unidade, fui parar em Ambert, em Puy-de-Dôme. Fui me apresentar à polícia. Disseram-me para esperar. Alguns dias depois, um comandante se instalou na subprefeitura com o título, tirado não sei de onde, de major de zona. Os tambores anunciaram que todos os militares que se encontravam na cidade deveriam se apresentar a ele. Foi o que fiz. Como eu era jornalista e o comandante precisava de um secretário, ele aproveitou e me colocou a seu serviço. E assim fui eu quem desmobilizou todos os camponeses do distrito. Quando chegou minha vez, desmobilizei a mim mesmo do mesmo jeito.

— O senhor não tem outros documentos?

— Não.

O policial se virou em direção ao colega.

— O que a gente faz?

— Precisamos perguntar ao chefe.

Alguns instantes depois, um homenzinho sombrio, com um bigode bem aparado e com cuidado um pouco excessivo com suas vestes, o que denotava uma função mais elevada, entrou no quarto.

— Faço questão de lhe dizer imediatamente quem sou — disse Bridet. — Meus amigos, o Sr. Basson, da Direção Geral da Polícia Nacional, e o Sr. Laveyssère, do gabinete do Marechal...

Mas o chefe cortou-lhe a fala.

— O que você é não tem nenhuma importância. Eu só sei de uma coisa, você não está regularizado. Tenho a obrigação de pedir que venha comigo.

— Mas você não sabe quem é meu marido — exclamou Yolande.

— Por favor... — Bridet disse a ela.

Ele se vestiu. "Vou telefonar amanhã ao Basson", disse Yolande. Bridet não respondeu nada. "E ao Laveyssère também. É mesmo inacreditável que um homem como você possa ser conduzido à delegacia." Após um momento, Bridet falou: "Acho que é melhor não, isso não seria bem visto em Vichy. Se eu estivesse correndo um risco de fato, eu entenderia. Mas depois que for feito um inquérito eles concluirão que o que digo é verdade, e serão obrigados a me soltar. Não vale a pena alertar os amigos por tão pouco".

Bridet olhou-se no espelho. Nesse momento, ele estava a sós com Yolande. Ele a chamou e, em voz baixa, disse: "Que bando de bastardos! Prometo a você que um dia eles ainda vão amanhecer a sete palmos do chão". "Fique quieto", disse ela. "Assim, você vai acabar tendo problemas. Já disse uma vez e vou repetir: só há um jeito de escapar, que é se dando bem com os boches. Com eles, é possível conversar. São muito melhores do que os franceses que lhes lambem as botas."

Bridet não respondeu. Estava ficando com raiva.

— E então, você vem ou não? — gritou um policial.

— Sim, sim, estou indo — disse Bridet.

* * *

Havia umas quarenta pessoas em uma espécie de sala de triagem da delegacia central. Esta se situava ao lado da sede dos correios, uma construção magnífica. As janelas tinham grades. Porém, graças a uma intenção sutil do arquiteto, estas dispunham de curvas nas extremidades, de maneira a permitir que alguém se apoiasse no parapeito ou que ali se colocassem vasos floridos.

Todo mundo estava sentado, exceto Bridet, que andava de um lado para o outro. Uma pobre mulher choramingava. Sua filha, uma menina de 8 anos, dentro em pouco chegaria de Tain-l'Hermitage sozinha na estação de Perrache. E não saberia aonde ir. Bridet se aproximou do guarda que estava de pé ao lado da porta. "Você deveria avisar o delegado", reforçou Bridet. "Eu não posso", respondeu o sargento. "Pois então avise um secretário qualquer."

O guarda saiu e voltou pouco depois com um funcionário à paisana. "O que acontece?", perguntou o último com o ar de quem não tem muito tempo a perder. Bridet contou a história da pobre mulher. Ela se aproximara e dizia-lhe sem parar: "obrigado, senhor, obrigado, senhor...". O secretário foi embora levantando os braços em sinal de impotência, mas sem dizer não.

Uma hora depois, Bridet era introduzido no escritório do delegado. Este já tinha os documentos de Bridet em sua frente.

— Vejo que o senhor é jornalista. Com quais jornais o senhor colabora?

— Com os jornais *Le Journal* e *Figaro*[6].

— O *Le Journal* está agora em Lyon, não é mesmo?

---

6 *Le Journal*, fundado em 1892, foi um periódico baseado em Paris. De tendência republicana em seus primeiros anos, volta-se, nos anos 1930, à direita, ao nacionalismo e ao anticomunismo. Encerra suas atividades com o fim do governo de Vichy. *Le Figaro*, fundado em 1826 como periódico satírico, é o mais antigo jornal francês ainda em circulação. Durante o governo de Vichy é submetido a forte censura e acabou sendo proibido de circular em 1942. Retoma suas atividades após a Libertação e é hoje o jornal de segunda maior circulação na França. [N.E.]

— Sim, Senhor.
— Você ainda faz parte?
— Não, Senhor.
— Por quê?
— Pois não estou interessado em trabalhar nas condições atuais.
— No entanto, o *Figaro*...

O delegado ficou em silêncio. Levantou os olhos. Nesse momento, o olhar dos dois homens se encontrou. Bridet teve então a impressão de que o delegado o aprovava.

— O senhor sabe por que está aqui — continuou.
— Não — disse Bridet.
— Seu nome não constava no registro de polícia do hotel.

O delegado deu um sorriso que dava a entender que ele mesmo achava o motivo pouco convincente.

— O senhor tem que entender que os inspetores são obrigados a fazer o que lhes mandam — prosseguiu o delegado. — Eu também, aliás. Tome aqui seus documentos. Vou dar ordem para que o liberem.

— Eu lhe agradeço.

Mais uma vez o olhar dos dois homens se encontrou. E agora Bridet não teve mais nenhuma dúvida. Estava tratando com um francês. Sentiu entre o delegado e ele uma espécie de secreta cumplicidade.

— Eu lhe agradeço — repetiu.
— Oh! Não me agradeça. É completamente natural. Nós nos entendemos, não é mesmo? Basta que o senhor volte à sala. Vão lhe notificar.

O delegado se levantou, estendeu a mão um pouco negligentemente, sem dúvida para não se comprometer em demasia, pois, afinal de contas, ele podia se enganar a respeito de Bridet e, ao reconduzi-lo, disse aos dois guardas que tinham assistido à entrevista: "O Sr. Bridet será solto agora mesmo".

Havia menos gente no salão. Bridet sentou-se em um banco. Fazia vinte minutos que ele aguardava quando o secretário com quem falara há pouco sobre a pobre moça apresentou-se no limiar da porta. Fingindo não ter visto Bridet, ele chamou: "Sr. Bridet, por favor!".

Bridet ergueu-se.

— O Sr. Delegado me encarregou de dizer — continuou o secretário — que acaba de receber a ordem da Direção Nacional da Polícia Nacional para liberá-lo imediatamente e apresentar-lhe desculpas. Eu o faço, da parte do delegado, e anuncio que o senhor está livre...

Uma onda de calor subiu-lhe até a cabeça. Por um instante, Bridet ficou imóvel. Recompondo-se, enfim, disse: "Eu lhe agradeço, eu lhe agradeço... mas será que eu não poderia falar com o Sr. Delegado?".

— Eu lamento — disse secamente o secretário —, mas o Sr. Delegado não tem tempo para lhe receber.

5.

Ao deixar a delegacia central, Bridet seguiu pela *rue* de la Charité. Yolande fora desajeitada. Ao telefonar para Vichy, ao incomodar personagens importantes — ou que ao menos se acreditavam importantes — ela certamente passara uma impressão de afobamento. Eles deviam estar pensando que ocorrera algo muito mais grave do que uma simples verificação. Yolande colocara seu marido em uma situação ridícula. E, no entanto, ele lhe dissera para ficar quieta. Mas, afinal, ela fora bem-intencionada e ele não podia ficar bravo por isso.

Pouco depois, ele chegou ao hotel, que se chamava Hôtel d'Angleterre. Um fanático de Vichy não pôde suportar esse nome. Certa noite, lançara pedras na marquise e pedaços de vidro, pintados de azul devido aos alertas, encontravam-se ainda espalhados no chão.

Yolande saíra. Devia estar fazendo mais manobras. O telefonema à Vichy não fora, talvez, suficiente. "É inacreditável", pensou Bridet, "o quanto as mulheres gostam de uma história".

Ele avistou o proprietário. Temeu que este lhe fizesse algum comentário, que quisesse responsabilizá-lo pelos incômodos que o hotel poderia vir a ter com a polícia. Mas nada disso ocorreu. O proprietário fez-lhe um simples sinal amigável no qual se percebia a satisfação em ver seu cliente livre. Tal atitude fez bastante bem a Bridet. Era reconfortante ver franceses deixarem seu interesse particular de lado pela solidariedade que homens nascidos no mesmo solo devem uns aos outros.

Bridet esperou por mais de uma hora. Enfim, Yolande voltou. Como ele receava, ela tinha passado a manhã inteira alertando seus amigos. Ele fez a observação de que ela teria feito melhor se tivesse ficado tranquila: "Mas como?", exclamou ela, "você queria que eu o deixasse na prisão?".

Ele sentiu mais uma vez que havia um mundo entre eles. A derrota não havia mudado nada no coração dela. Era certamente uma catástrofe, mas não tão grande a ponto de alterar, aos olhos dela, as reações normais de defesa de um ser humano.

Ela anunciou que, entre outras pessoas, encontrara um diretor de jornal. Ele a recebera muito bem. E lhe tinha dito que era inadmissível que Bridet permanecesse na prisão, que ele faria o necessário.

Tirando todo proveito possível dessa acolhida, ela acrescentou que ele se enganava ao desprezar seus amigos, isolando-se como se todo mundo fosse responsável pela derrota menos ele. Todos os franceses, fossem quais fossem suas opiniões políticas, estavam sofrendo igualmente. Era preciso ajudar uns aos outros.

Bridet não respondeu. Disse, contudo, um pouco depois: "Eles me enojam, todos. Não há nada a fazer aqui. Vou repetir para você, quero me juntar a De Gaulle e me juntarei, mesmo que para isso eu tenha de dar minha pele".

Eles passaram a tarde em um cinema lotado onde mal se podia respirar. Aplausos entrecortados por assovios estalaram no momento em que, na rua em frente, desfilaram legionários que marchavam em desordem, mas de cabeça erguida e de braço estendido. "Que nobreza nesses olhares!", gritou uma mulher. "É assustador", murmurou Bridet. "Fique quieto!", disse Yolande. "Não creio! Eles estão fazendo a saudação nazista", disse Bridet sem mais conseguir conter-se. "Não vê que eles estão prestando juramento", observou secamente um velho senhor.

Eles jantaram em um pequeno restaurante de baixa categoria, pagando doze francos e cinquenta pela refeição. Em seguida, foram passear ao longo do rio Saône. Depois, quando a noite começou a cair, voltaram para perto do hotel.

Bridet gostava de caminhar ao redor da praça Carnot na hora em que os alemães começavam a voltar a seus quartos. Os grupos de guardas ciclistas, que velavam pela segurança dos hóspedes em frente aos hotéis, às vezes caçoavam deles e, vindas de autoridades, essas piadas empolgavam os passantes.

Logo se fez noite. "Vamos acabar chamando atenção", disse Yolande. Nos arvoredos que circundam a estátua da República, não havia só casais, mas também homens sozinhos rodeando. Eles não assustavam mais. Uma consequência inesperada da derrota era que os próprios delinquentes pareciam agora inofensivos. De tempos em tempos, viam-se grupos de viajantes vindo da estação.

Ao passar em frente a uma janela hermeticamente fechada, Bridet escutou um rádio. E parou. Era Londres ou Vichy? Era Londres.

— Você vem? — disse Yolande.

— É Londres — disse Bridet.

— Londres está acabada.

— Não. São os recados pessoais.

Ouvia-se nitidamente:

"A tandem de Roger foi consertada."

"As quimeras estão loucas."

"Albertine nunca foi vacinada. Repetimos: Albertine nunca foi vacinada."

"Os gatos do Luxemburgo ainda estão miando."

Yolande se aproximou.

— Venha, isso não interessa.

Mas Bridet não se mexeu. Ele experimentava um prazer ao escutar essas mensagens. Elas eram um indício, o único indício no meio de toda essa desgraça, de que alguma coisa estava acontecendo, de que ainda existiam, em algum lugar do mundo, homens que enganavam os alemães, que armavam maquinações contra eles. E esperava sem muita convicção que, por uma combinação de circunstâncias que não sabia muito bem qual seria, uma dessas mensagens lhe fosse destinada, que ouvisse subitamente, por exemplo: "O marido de Yolande é aguardado em Londres. Repetimos: o marido de Yolande é aguardado em Londres".

* * *

Dois dias depois, Bridet voltava a Vichy. Seus documentos já deviam estar prontos. Apesar de ter chegado de manhã, foi só no final da tarde que ele se decidiu ir até o Ministério do Interior. Em poucos dias, os marceneiros e pintores tinham dado ao hotel de estação termal um aspecto mais compatível com a seriedade dos serviços que ele abrigava. A porta giratória tinha sido desmontada. As idas e vindas eram tão numerosas que ela acabara virando um incômodo. E talvez essa remoção se devesse a questões de segurança. Os poucos segundos que ela levava para girar podiam favorecer maus feitos, um atentado, por exemplo. A recepção fora transformada em uma sala de triagem. Biombos tinham sido instalados quase por toda parte. E já estavam cobertos de cartazes de propaganda. Um guarda com capacete e fuzil de cano curto se mantinha em frente à porta do elevador.

Bridet sentiu seu coração apertar. Tinha a impressão de que algo havia acontecido em sua ausência. Por todo canto, policiais uniformizados. Por medo de ser interpelado caso passasse sem dizer nada, perguntou a um deles se sabia onde era o escritório do Sr. Basson. O policial não soube responder. Embora certamente não tivesse a ordem de acompanhar os visitantes, ele conduziu Bridet até uma mesa atrás da qual se encontrava, como em Paris, um recepcionista com o peito repleto de condecorações.

O recepcionista consultou o mural. Sentados ao lado dele, dois senhores de aparência comum falavam em voz baixa.

— Você deseja ver o Sr. Basson?
— Sim.
— No primeiro andar.

O guarda não se mexera. Bridet lhe agradeceu. A presença a seu lado de um homem armado era-lhe profundamente desagradável. Algum acontecimento lamentável provavelmente sucedera. Era para que não ocorresse de novo que os visitantes estavam sendo acompanhados.

Bridet se pôs a subir as escadas. No próprio patamar entre o térreo e o primeiro andar estava alinhada uma dúzia de cadeiras de vime. "Eles devem ter feito da sala de espera um escritório", pensou.

Perguntou por Basson. O recepcionista voltou alguns instantes depois, o Sr. Basson não estava em seu escritório. O Sr. Basson estava em uma reunião com o ministro, mas o Sr. Basson não demoraria.

Bridet se sentou. Em uma plaqueta, ele leu, entre outros, o nome de Basson seguido por palavras em que se notava um incompreensível mau humor: "O Sr. Basson recebe somente entre onze horas e meio-dia".

"Estão se instalando para ficar bastante tempo", pensou Bridet. Acendeu um cigarro. Entre cada poltrona, um cinzeiro com um mensageiro incrustado em madeira havia sido colocado. Funcionários passavam a cada instante sem que qualquer deles jamais lançasse o mais rápido olhar em direção aos visitantes.

Fazia uma hora que Bridet aguardava quando quatro homens saíram de um escritório. Basson era um deles. Bridet ergueu-se um pouco para chamar sua atenção. Encontrou o olhar de seu amigo, mas este, ainda agitado, não lhe fez nenhum sinal.

Bridet sentou-se de novo. "Assim que terminar", pensou, "ele virá me procurar".

Os quatro homens falavam em voz alta, sem parecer temer nem um pouco uma indiscrição. Bridet não tirava os olhos de Basson, mas este, como se o soubesse, nunca olhava para o lado de cá. "O tipo que está no meio deve ser o ministro", pensou Bridet. Era um homem grande e forte, vestido com um terno elegante. Tinha laquê nos cabelos. E não falava nada. Tampouco estava escutando o que lhe diziam. Sentia-se que o essencial já havia sido acertado e que ele estava se demorando apenas por cortesia. Quanto aos outros três, sua agitação tinha algo de servil. Ela pretendia antecipar uma ideia da consciência e da seriedade com as quais as ordens seriam executadas.

Enfim, eles se separaram. O recepcionista correu para a escada e gritou a meio caminho: "O ministro, o ministro...". Escutou-se um barulho de coronhas chocando-se contra os mosaicos ao estilo do segundo império no térreo e, em seguida, outras vozes: "o carro, tragam o carro, o ministro...".

Os três homens se retiraram um por vez, demonstrando muita deferência, como se seu chefe ainda estivesse presente.

Mais uma vez, Bridet ergueu-se um pouco, agora persuadido de que Basson falaria com ele. Mas este passou sem nem mesmo virar a cabeça.

— Basson! Basson! — chamou Bridet.

Ele pareceu não ouvir. Bridet voltou para perto do recepcionista, um pouco incomodado por ter sido tratado daquela maneira.

— Vou avisar que o senhor está aqui — falou gentilmente o recepcionista.

Bridet insinuou-se no corredor, permanecendo discretamente, porém, alguns passos para trás.

Pouco depois, o recepcionista voltou.

— O Sr. Basson não tem tempo para recebê-lo.

Bridet sentiu-se arrasado. Era isso então o que restava da amizade ou, mais precisamente, da longa camaradagem de outrora.

— Ele não disse quando eu poderia voltar?

— Não, senhor — respondeu o recepcionista sempre gentil, como se no fundo de si mesmo ele não pudesse impedir-se de achar seus novos chefes bem grosseiros. "Vou perguntar a ele", ofereceu-se espontaneamente.

Ele voltou pouco depois fazendo um gesto de impotência:

— O Sr. Basson disse que basta voltar entre as onze horas e o meio-dia que o senhor o encontrará seguramente.

Bridet dera apenas alguns passos na rua quando enrubesceu. Era a primeira vez desde a juventude que ele corava assim, uma vez sozinho, com a lembrança de um incidente que podia ser considerado humilhante. "A ideia que eles têm de si mesmos é algo assustador", murmurou. Depois, pensou que estava errado em se deixar levar nessa direção. Havia um milhão de franceses que teriam ficado felizes em tomar iniciativas como essas para se libertarem. E eles não teriam enrubescido.

*   *   *

No dia seguinte, Bridet retornou ao ministério um pouco antes do meio-dia com a esperança de que, sendo o último visitante, Basson o levaria para almoçar.

— Você está sem sorte! — exclamou o recepcionista. — O Sr. Basson acabou de sair. Mas ele vai voltar, aguarde.

Bridet sentou-se no mesmo lugar da véspera. Pouco depois, viu Vauvray, que passou sem parecer reconhecê-lo, em seguida o jovem empregado que, dias antes, tinha-lhe perguntado o nome de solteira de sua avó. Para matar o tempo, apanhou em uma mesa uma revista bastante luxuosa na qual se falava apenas das alegrias de viver em grande estilo.

Basson ainda não voltara. À uma hora e quinze, Bridet decidiu ir embora. Sua espera, que seria normal se seu amigo não tivesse demorado tanto, estava se tornando indiscreta.

Ele acabara de sair quando um automóvel em que Basson se encontrava parou em frente ao ministério. "Você está sem sorte!", havia dito o recepcionista. Era verdade. Alguns segundos a mais de espera e Bridet estaria da maneira mais natural do mundo em presença de Basson no hall ou na escadaria do Célestins. Decididamente, havia dias em que tudo caminhava de revés. Por causa desses poucos segundos, ele seria obrigado a dar meia-volta, esperar até que Basson saísse do carro e, em seguida, explicar o que havia ocorrido.

— Basson! — gritou Bridet a seu amigo que se lançava apressadamente para dentro do ministério.

Ele virou-se. Ao ver Bridet, mostrou grande surpresa.

— Mas como — disse ele — você vem a esta hora?

— Pelo contrário, eu estava indo embora, mas vi o seu carro...

— Não tenho tempo, não tenho tempo — disse Basson sem nem mesmo estender a mão a seu camarada. — Venha ver-me quando quiser, mas entre onze horas e meio-dia.

— Voltarei amanhã — disse Bridet.

6.

No fundo, essas dificuldades em aproximar-se de Basson não eram um mau presságio. Bridet via nelas a indicação reconfortante de que seu caso não tinha grande importância. Passada a curiosidade dos primeiros dias, ninguém mais se interessava por sua história insignificante de salvo-conduto. Isso era o principal.

No dia seguinte, Bridet retornou mais modestamente às onze horas, "não é assim tão legal almoçar com pessoas desse tipo", pensou. "Só uma coisa importa: meus documentos."

Dessa vez, foi introduzido imediatamente.

— E então, meu velho, o que lhe acontece?

— Nada. Eu vim vê-lo...

— Como nada? Você não acabou de passar por incômodos em Lyon?

— Não é preciso exagerar...

— No entanto, Yolande me telefonou — continuou Basson, fazendo como se não se recordasse muito bem do ocorrido.

— Yolande?

— Yolande. Perfeitamente. Eu estava saindo do banho. Me conectam do ministério com Lyon. Eu penso: "O que será que aconteceu?". Era Yolande. A coitada da sua mulher tinha perdido completamente a cabeça.

Basson interrompeu-se para dar uma risada. E retomou:

— Ah! Você ainda é o mesmo!

— Yolande ficou com medo — constatou Bridet.

— Eu não vejo por quê — observou Basson, como se não entendesse como era possível ter medo da polícia quando não se tinha nada a esconder.

— Ela achou que eu estivesse correndo perigo.

— Mas você foi preso de fato?

— Não — disse Bridet. — Tratava-se de uma simples verificação de identidade.

— Não é o que parecia dizer Yolande.

— Uma vez que se encarregou desse assunto, você sabe muito bem que era apenas isso.

— Eu não sei absolutamente nada. É por isso que estou perguntando — prosseguiu Basson.

Dir-se-ia que a amizade que o ligava a Bridet era tamanha que ele interviria sem sequer procurar se informar previamente, não importando a gravidade do que estava sendo repreendido a seu camarada.

— Eu lhe repito: era uma simples verificação de identidade.

— Não é o que parecia — continuou Basson. — O delegado de Lyon não queria escutar nada. Eles são todos inconfundíveis, esses hipergaullistas! Caso se queira prender ou soltar alguém, eles fazem sempre como se estivessem de mãos atadas.

Bridet contou em detalhe o que acontecera no hotel.

— Sim, sim. Isso eu sei. Mas será que não tem algo mais?

— Algo mais? — perguntou Bridet com uma súbita inquietude.

— Outhenin, você o conheceu em Paris? Sabe de quem estou falando? Ele agora cuida do transporte entre as duas zonas...

— Não, não sei quem é.

— Enfim, isso não tem importância. Outhenin falou-me de um relatório. Ele me disse que eles não estão contentes.

— "Eles" quem?

— Enfim, em Lyon e aqui também, aliás. Como já falei, não estou a par.

— Não estou entendendo mais nada — disse Bridet. — Um relatório? A respeito do quê?

— Eu tampouco.

— Mas é você que está falando que arrumou tudo.

— Eu arrumei tudo, mas não sei de nada. Coloquei tudo nas minhas costas, só isso. Vamos, me diga a verdade. Não tem aí por trás uma história de gaullismo?

— Ouça, Basson, você é ridículo. É uma ideia fixa sua, o gaullismo. O que é que tem a ver com isso?

— É justamente o que estou perguntando. Yolande me telefona, eu arrumo as coisas. Mas foi criado um pepino. Por quê? E esse relatório, o que é?

— Que relatório?

— Me falaram de um dossiê.

— Como você quer que eu saiba? — disse Bridet.

— Enfim, você não é uma criança. Onde há fumaça, há fogo.

— Eu não sei de absolutamente nada — disse Bridet, com o tom firme de um homem que quer acabar com a conversa fiada.

— Seria esse dossiê imaginário?

— Você não pediu para vê-lo?

— Não tive tempo. E depois, você entende, no seu interesse, pareceu-me que era melhor não insistir muito. Essa história...

— Mas não tem história! — exclamou Bridet, que sentia que devia indignar-se, mas não podia.

— Ah! Mas, para ver aí uma história, não é muito difícil — disse Basson em um tom de brincadeira que contrastava com a gravidade do comentário.

— O quê?!

— Eu não sei — retomou Basson, como se temesse haver inquietado inutilmente seu amigo.

— Mas eu quero saber — disse Bridet, enfim conseguindo simular um pouco de raiva.

— Vou chamar Vauvray. Você o conhece, imagino. Ele nos dará informações.

— Sim, sim, eu o conheço. Mas, afinal, é incrível que você não saiba de nada.

Pouco depois, Alain de Vauvray adentrou no escritório.

— Diga, Sr. Vauvray, o que é que acontece com nosso amigo Bridet?

— Eu não sei de nada — disse Vauvray, sorrindo muito amigavelmente a Bridet. — Não sou eu que me ocupo do caso. O relatório está na sessão de Informações Gerais, creio eu. Seria melhor falar com Outhenin.

— É o que eu havia dito — disse Basson.

Bridet, que estava de pé entre os dois homens, teve uma ligeira tontura que o fez dar dois passos para o lado. Para que não notassem, ainda deu mais dois outros, como se estivesse com vontade de andar. Acendeu um cigarro, mas tinha a boca tão seca que não pôde fumá-lo. Basson pegou o telefone. Depois que mudara de escritório, ele dispunha de um aparelho verdadeiramente moderno. Apertou um botão, depois outro. Uma hélice branca apareceu atrás de um mostrador de vidro.

— Outhenin, é o senhor? Você está na *avenue* Victoria? Será que poderia dar um pulo até aqui? Sim, ele está no meu escritório. É incapaz de me dizer o que aconteceu. Mas existe ou não existe um dossiê? Sim, Bridet está aqui. Seria melhor acabar logo com essa história. Ah! Então quer dizer que existe um dossiê... Eu não sabia. Traga-o para mim, se possível. Bom, muito bem, estamos esperando.

Bridet, a quem essa conversação havia deixado cada vez mais nervoso, sentiu de repente a raiva invadi-lo.

Fazendo grande esforço para se conter, ele disse:

— Vocês não devem ter muito o que fazer para se divertirem criando dossiês sobre todo mundo.

Basson caçoou:

— Dossiês é só o que fazemos neste momento! — disse ele, fingindo estar zombando de si mesmo e de toda a administração. — Precisamos de arquivos. Não podemos trabalhar sem arquivos. Os boches são idiotas, eles fariam melhor se nos entregassem os deles. Isso nos ajudaria. Não é mesmo, Vauvray?

Ao invés de responder, este último pôs-se a rir, como alguém que não quer se comprometer.

* * *

Outhenin era um homenzinho atarracado, de mais ou menos 30 anos, com sobrancelhas grossas e uma testa larga. Ele mancava um pouco, pois havia sido ferido na panturrilha durante a "campanha 1939-40". Detalhe curioso, ele mantivera sua barba cerrada da linha Maginot[7]. E usava na lapela uma insígnia de aço polido na qual Bridet pensou distinguir um machado. Era difícil imaginar que um homem que se encarregava de algo tão importante como a liberdade de seus semelhantes tivesse um aspecto tão medíocre. Ele pertencia ao serviço de Informações Gerais. O que não quer dizer que não dependesse de Basson para resolver certos assuntos. Seu olhar era o de um homem inteligente,

---

7 Linha Maginot – em referência a André Maginot (1877-1932), ministro francês por duas ocasiões no período entreguerras e seu idealizador – é o nome popular da estratégia militar designada oficialmente "fortificações permanentes", que priorizava certos pontos fronteiriços presumidos estratégicos, pois neles se daria inevitavelmente a tentativa de invasão inimiga. A estratégia se mostrou estrondosamente falha, já que o exército nazista logrou penetrar o território francês em diversos pontos não previstos, aproveitando-se do imobilismo dos defensores. [N.T.]

hábil, prudente e que só dispensava a seus superiores o mínimo de respeito necessário.

Basson apresentou-lhe Bridet. Outhenin apenas inclinou a cabeça, como se mediante tal formalidade ele corresse o risco de esquecer as explicações que estava trazendo. Estendeu a Basson uma pasta azul no canto da qual fora impresso o número 864 na máquina compositora. Basson abriu a pasta. Bridet notou rapidamente que ela só continha uma carta à qual estava preso um envelope, o que lhe causou aquela inquietude que nos dão os dossiês em via de formação. Previa-se, assim, que outras peças se juntariam àquela.

— O senhor chama isso de dossiê! — exclamou Basson.

— Sim — disse Outhenin.

Bridet tentou ler de cabeça para baixo, mas não conseguia se concentrar.

— Sim, sim — disse Basson percorrendo a carta. — Mas isso é a opinião dele.

Outhenin não respondeu. Ele não parecia conferir muita importância ao documento que acabara de trazer. Mas ao mesmo tempo, com seu silêncio, mostrava que o documento ainda assim existia.

— Não é tão grave — disse Basson virando a cabeça para ler uma palavra de viés.

— E o que é? — perguntou Bridet.

— O seu delegado de Lyon. Eles são cômicos mesmo, esses funcionários de província!

Depois, dirigindo-se a Outhenin:

— É tudo?

— Não me comunicaram mais nada — respondeu Outhenin. — Será preciso comunicar Bavardel. Este tipo de assunto depende de Bavardel.

— Que tipo de assunto? Quem é Bavardel? — perguntou Bridet.

— Oh! É alguém muito chique.

Voltando-se de novo para Outhenin, Basson acrescentou:

— Não vale a pena. O senhor e Vauvray não receberam nada, não é? Não enviaram nada?

— Nada.

— Bem, então, aguardemos. Vamos ver. Tome, Outhenin, leve suas coisas.

Basson levantou-se logo em seguida, pegou seu chapéu e luvas.

— Preciso ir.

Bridet quis seguir Basson. Vauvray e Outhenin tinham saído juntos. Porém, para que ninguém suspeitasse de que fossem conversar pessoalmente a respeito do ocorrido, eles haviam se separado ostensivamente antes de fechar a porta.

— Basson — disse Bridet, tentado reter seu colega — eu lhe rogo, fique mais um minuto, preciso falar com você.

— Não tenho tempo.

— Ah, mas um minuto você tem. Por que tanta pressa, de repente?

— Estou atrasado... Estou atrasado.

— Vou descer com você. Quero ao menos saber o que significam todas essas histórias. É um pouco demais.

— Repito que não tenho tempo. Aliás, não sei nada a mais do que você... Não posso lhe dizer outra coisa. Você se ilude a meu respeito. Eu não sou tudo por aqui.

Basson já se encontrava no corredor. Fazia sinal para seu amigo sair do escritório. Bridet saiu finalmente. Basson puxou a porta e depois, abandonando Bridet, afastou-se. Visivelmente ele não queria descer junto de seu colega. E fingia uma pressa exagerada. Bridet correu atrás dele.

— E o meu salvo-conduto? — perguntou.

— Nada de novo — disse Basson parando por um segundo. — O governador não respondeu. Volte daqui a alguns dias, não tenho tempo.

Virou as costas para Bridet e partiu.

Para não seguir Basson imediatamente e sobretudo para disfarçar seu embaraço, Bridet se aproximou do recepcionista.

— É mesmo todos os dias entre as onze e o meio-dia que o Sr. Basson recebe?

— Sim, senhor, todos os dias, mas com frequência ele não aparece.

— Ah, bom — disse Bridet querendo estender a conversa — eu pensava que depois...

O recepcionista sorriu

— O senhor sabe, esses senhores têm tanto trabalho...

* * *

Bridet estava saindo quando a porta da sala 12 se abriu. Um homem apareceu. Era Rouannet.

— Ah! Senhor Bridet — exclamou ele — eu queria justamente lhe falar. Será que não poderia me aguardar um instante? Eu volto logo.

Bridet pôs-se a perambular pelo hall. Sentia uma agitação vaga em torno de si. Documentos a seu respeito circulavam de sala em sala. Por quê? Como era possível que não lhe dissessem nada? Isso estava ficando preocupante. A atitude de Basson era estranha. Ele fora cordial e, de supetão, transformara-se. E esse relatório? Um relatório de quem e sobre o quê? Mas Rouannet não acabara de falar com ele com tanta gentileza? "Na verdade, não é nada. Foi Yolande que escorregou ao telefonar. É sempre a mesma coisa", pensou ele, lembrando-se de Rouannet, "os estranhos são mais simples e prestativos do que os amigos".

Rouannet reapareceu pouco depois. Ele continuava tão respeitoso quanto havia sido no restaurante. Sentia-se que, por falta de intuição, ele imaginava que Bridet pertencia a essa classe social um tanto raivosa e amargurada que acabara de assumir o poder e que, apesar de ainda estar barrada em alguns postos pelos velhos elementos, demonstrava estar bem consciente de sua força.

— Peço-lhe que se sente, por favor, Sr. Bridet — disse Rouannet ajeitando uma poltrona e se desdobrando em amabilidades.

Bridet estava surpreso que Rouannet ocupasse um escritório tão grande e que os empregados lhe devotassem a mesma deferência que ele próprio devotava a todos os jovens funcionários.

— Eu ia lhe escrever — disse Rouannet.

Bridet notou que ele tinha uma consciência bem mais clara de seu papel que Outhenin, Basson, Vauvray e companhia. Ele parecia não acreditar na própria sorte, como dizem. E não fazia ligações para pedir serviços insignificantes.

— Espere — disse ele após ter realmente procurado um papel.

Abriu a porta, chamou uma secretária. Como ela estava demorando, ele passou para a sala ao lado.

— Me desculpe — disse ele ao voltar.

Ele deixara a porta aberta.

— Traga-me o salvo-conduto do Sr. Bridet! — gritou ele, já que ninguém vinha.

E se sentou enfim.

— Eu queria escrever-lhe — continuou — para lhe informar que os papéis já estão prontos. Anteontem recebemos uma resposta ao nosso telegrama. O governador, naturalmente, não faz nenhuma objeção a sua ida à África. Devo dizer, aliás, que nosso pedido foi pura cortesia aos seus olhos. Ele só poderia mesmo assentir. Porém, antes de mandar bater seu salvo-conduto, queria perguntar-lhe se o senhor não prefere que ele venha com a menção "ida e volta". Parece-me mais sábio. Caso o senhor não esteja contente por lá, você não terá necessidade de pedir para voltar. A África é muito bonita, mas acredite em mim, vale a pena, antes de ir, assegurar-se de que será possível voltar.

— O senhor tem razão — disse Bridet.

— Perfeito, estabelecerei então para seu salvo-conduto uma duração de seis meses. É o que fazemos de costume. E vou submetê-lo a assinatura nesta tarde.

— Quem precisa assinar? — perguntou Bridet, tomado de súbito pelo temor de que fosse Basson.

— O chefe do gabinete do diretor geral, o Sr. Reynier.

— Ah, sim, muito bem...

Bridet acabara de ter a impressão de que a sorte enfim o favorecia. Há pouco, quando estivera com Basson, este sem dúvida ignorava que a resposta do governador já chegara. Para livrar-se de seu colega, ele tinha respondido qualquer coisa. Aliás, essas formalidades não dependiam mais dele. Bridet não estava fazendo nada de errado ao parecer esquecer o que Basson lhe dissera. Afinal, ele não ia impedir Rouannet de providenciar seu salvo-conduto. Uma vez que este funcionário estimava poder concedê-lo, Bridet não ia lhe dizer "sim, mas tem isso, tem aquilo...".

— Você só precisa voltar amanhã — disse Rouannet. — A menos que prefira que eu mande levá-lo ao seu hotel.

— Voltarei amanhã — disse Bridet.

* * *

Ao sair do ministério, Bridet sentiu, assim mesmo, um mal-estar. "Como fui besta. Jamais deveria ter falado outra vez a Basson sobre meus documentos. Ele tinha aceitado. Agora parece que estou manobrando escondido, sem nem me importar com ele."

Bridet foi almoçar. Ainda estava preocupado. Sobretudo a história da assinatura o inquietava. Será mesmo que esse Sr. Reynier iria assinar desse jeito, sem nem se informar, simplesmente porque o papel lhe fora apresentado? Basson falara com ele a respeito de Bridet? Esse Sr. Reynier não iria levantar de repente, procurar Basson e dizer-lhe: "Mas eu pensava que você não queria lhe dar o salvo-conduto".

"Se Basson me fizer uma observação", pensou Bridet, "eu só preciso responder: você saiu tão rápido... Eu não entendi o que você me disse... Quando Rouannet me chamou, eu acreditei que você estivesse a par, que tinha sido você quem arranjara tudo com ele. De qualquer forma, eu não poderia estar mais bem informado do que seus próprios funcionários".

Porém, ainda que Bridet tentasse se acalmar, ele não estava com a consciência tranquila. Sentia que havia em sua conduta algo de equivocado. Refletiu durante toda a refeição. Depois, no terraço de um café, lá pelas três horas, cansado de pensar nessa história, foi tomado de súbito por um imenso desgosto por Vichy. Bastaria ir embora imediatamente. Jamais ele poria de novo os pés nessa cidade abominável. Não havia nada a esperar de pessoas como aquelas. Estavam enrolando-o. Estavam tentando colocá-lo em uma posição estapafúrdia. E era bem possível que tudo houvesse sido combinado. Rouannet, Reynier e Basson estavam de tramoia. E armariam uma cena de teatro. "Como você pôde fazer isso? Mas será que você não se dá conta da gravidade de seus atos?" Era melhor partir imediatamente. Eles podiam guardar para eles esse salvo-conduto.

Passado esse acesso de cólera, Bridet tomou a decisão que lhe parecia a mais simples. O que quer que lhe acontecesse, ele deixaria Vichy no dia seguinte, mas, antes de partir, iria uma última vez ao ministério. E indagaria Rouannet. Se ele se fizesse de desentendido, se o salvo-conduto não estivesse assinado, Bridet fingiria não estar espantado. E diria, para não levantar suspeitas, que voltaria ao longo da tarde, no dia seguinte, mas imediatamente, sem medo nem arrependimento, iria a pé até Cusset. Lá, ele tomaria um ônibus até Saint-Germain-des-Fossés, onde subiria no primeiro trem para Lyon. Dessa maneira, escapuliria da vigilância da estação de Vichy.

Fixada essa linha de ação, pensou que, ao esperar, não deveria negligenciar nada que pudesse consolidar sua posição frente aos funcionários da polícia. Ao invés de vagar pelas ruas, iria logo fazer uma visita a Laveyssère. Não lhe pediria nada. Entre uma história e outra, daria a entender que estava se habituando a Vichy, que estava até se divertindo e não tinha pressa nenhuma de ir embora. De tempos em tempos, faria, entretanto, uma alusão discreta a uma eventual partida. Talvez ele fosse para a África. Justamente, estavam cuidando de seu caso no Interior. Estavam em vias de lhe conceder um salvo-conduto. Haviam telegrafado ao governo da Argélia. Ele não sabia se houvera resposta. Basson nada recebera. Mas, por outro lado, nos serviços, parecia que chegara uma resposta. Ele pretendia passar no dia seguinte no Hôtel des Célestins para tirar isso a limpo. Porém, no fundo, ele não ansiava mais ir embora. Quando veio para Vichy, acreditara ser no Império que ele poderia servir melhor à França. Desde então, havia falado com muita gente, e agora sentia que ficando seria ainda mais útil.

Quando chegou em frente ao Hôtel du Parc, não ousou entrar. Era insensato, mas tinha medo de que todas essas polícias particulares, civis, militares, municipais que montavam guarda na entrada, que iam e vinham no hall e se consultavam a cada instante, ao invés de lhe conduzirem simplesmente ao escritório de Laveyssère, fizessem-no responder um interrogatório do qual ele não estava seguro de que poderia tirar proveito.

Foi caminhar debaixo da interminável marquise que recobre o passeio de macadame ao longo do Bulevar Albert I. Decididamente, ele não tinha tamanho para lutar contra toda essa gente.

7.

No dia seguinte, Bridet levantou-se bem cedo. Decidira acertar a conta e deixar a mala em um pequeno café vizinho à estação de ônibus. Só em seguida se encaminharia ao ministério. Dessa forma, sentiria-se mais livre. O que quer que acontecesse, partiria nesse mesmo dia, com ou sem papéis.

Não havia ninguém no escritório do Hôtel des Deux Sources. Ele bateu à porta de vidro e a abriu, com a esperança de que o barulho chamaria a atenção de alguém. Pôs sua mala sobre o sofá de palha da entrada, depois seguiu pelo longo corredor em frente à escada. No fundo desse corredor se encontrava uma porta que comunicava com um café vizinho. Bridet tinha se perguntado várias vezes se os dois estabelecimentos, o hotel e o café, pertenciam à mesma proprietária, já que a clientela de um e de outro era diferente. Ele entreabriu a porta. Em cima do balcão, fatias grelhadas de um pão ruim substituíam os croissants.

— Por acaso a dona do hotel está? — perguntou Bridet. — Estou deixando meu quarto e gostaria de acertar minha conta.

— Ela não está no escritório dela?

— Não.

— Espere. Vou dar uma olhada.

Uma mulher gorda vestindo um avental branco saiu em busca da proprietária.

— Ela deve estar no quarto — disse ela, depois de ter aberto duas ou três portas.

Bridet esperou em frente ao escritório. Por enquanto, ninguém saíra, pois nenhuma chave pendia nos ganchos das casinhas. Bridet esfregou as mãos. Era uma mania que ele tinha, depois de ter feito sua toalete. Perguntava-se, desde que despertara, qual seria a hora mais conveniente para ir ver Rouannet. Nove e meia era um pouco cedo, apesar de que em Vichy se afetasse ser matinal. Dez horas, sim, dez horas estava bem. Ou então dez e quinze. Mas havia o risco de Basson já ter chegado. "Eu deveria ter me informado ontem com o recepcionista, já que estava justamente procurando algo para falar com ele."

Nesse momento, notou a presença da mulher gorda de avental branco que voltava do primeiro andar.

— A senhora já está descendo — disse ela.

Um instante depois, a proprietária do hotel apareceu. Era uma mulher loira, mas de certa idade. Ela vestia um penhoar de cor chamativa. E, contudo, passava uma impressão de enorme respeitabilidade. "Ela já preparou minha conta", pensou Bridet, ao ver que ela tinha nas mãos um envelope. "E o fez depressa."

— O senhor está de saída? — disse ela estendendo o envelope a Bridet.

— Sim.

— Bem. Vou preparar sua conta.

— Isto não é a conta? — perguntou Bridet mostrando o envelope.

— Não, não. É uma carta que trouxeram para o senhor esta manhã.

Bridet sentiu uma pontada no coração.

— Por que a senhora não a colocou na minha caixa?

— Me pediram para que eu a entregasse em mãos.

Bridet rasgou o envelope. Mas estava tremendo tanto que rasgou o conteúdo ao mesmo tempo. Juntando os dois pedaços, leu:

Estado francês.
Segurança Nacional.
Gabinete do Diretor.
H.C. 17.864.
Vichy, 13 de outubro de 1940.
Senhor Joseph Bridet é solicitado a comparecer à Segurança Nacional, *rue* Lucas, 18, quinta-feira de manhã, às dez horas, para assunto que lhe concerne.
Pelo Diretor Geral.

Em selo vermelho, um tipo de serpente representava a assinatura. Transversalmente e sublinhada, a palavra "Convocação" fora escrita a tinta.

— Aqui está sua conta — disse a proprietária.

Bridet olhou com espanto o longo papel estreito, nesse formato de faturas, que lhe era estendido. Enquanto estivera lendo a convocação, a proprietária se sentara em seu escritório. Ela havia buscado uma pena, despejado uma garrafa de tinta, consultado seus livros, computado as despesas suplementares, adicionado todas as cifras em um papel ao lado, passado o total para a conta. Ela havia se levantado e lhe trazido a nota. Fizera tudo isso e ele nem sequer percebera.

Bridet pagou e saiu. Nuvens cinza, fundidas umas nas outras, escondiam o céu. Eram oito e meia. Pouca gente circulava pelas ruas. Poderia se dizer que houvera uma festa na véspera. As cadeiras ainda estavam bagunçadas em torno da barraca de música. Havia algumas isoladas aos pés das árvores, ou viradas, juntas em grupos de cinco, de seis ou de duas, evocando turmas de velhas senhoras ou casais amorosos. Bridet escutou cantarem. Um destacamento de jovens em uniforme, mas sem armas, passava de cabeça erguida, com um orgulho desconfiado. A palavra "esperança" voltava o tempo todo a seus lábios.

Bridet andou por alguns minutos, sempre em frente, sem pensar, como se nada houvesse ocorrido, da maneira mais normal, nessa reação instintiva que nos faz, frente à dor e a desventura, esconder nossa emoção pelo maior tempo possível.

Depois parou, releu a convocação. "Aí está...", murmurou ele. E se lembrou do dia anterior. "Aí está. Eles vão dizer que eu tentei obter meus papéis por meios fraudulentos. E vão me deter. Eles têm o motivo deles, agora. Eu bem pressentia que não devia fazer isso. Como pude imaginar por um só instante que iria enrolá-los? Devem estar furiosos! Foi esse barbudo do Rouannet quem deu o golpe. Ele devia estar de conluio com Basson. Tudo isso foi arranjado e eu, como um imbecil, caí na cilada. Em matéria de gaullismo, me dei mal."

Bridet ainda cruzou com o destacamento que ele já havia encontrado, cujo oficial marchando à dianteira jamais se voltava para trás, tamanha segurança ele tinha da perfeita postura de seus homens.

Nesse momento, Bridet teve o sentimento de que nada lhe poderia ser reprovado. Sua defesa era fácil. Ele estava de boa-fé. E não quisera agir mal. Ele diria à Segurança Nacional que se propunha justamente a ir falar com o Sr. Basson. Este nome produziria sua mágica. Ele diria que fora o Sr. Rouannet quem o havia chamado, que o primeiro lhe falara de seu salvo-conduto. Ele não pudera imaginar por um instante que o Sr. Rouannet estava excedendo seus direitos. Ele diria: "Eu não sabia. De todo modo, eu não poderia desconfiar de um funcionário".

Após ter constatado que ninguém o seguia, Bridet pensou que no fim das contas ainda era livre. Ele podia muito bem não ter recebido essa convocação, podia muito bem não comparecer. De fato, se ao sair ele não houvesse pedido para ver a proprietária, ela não teria podido entregá-la. Além disso, nada o impedia de ir embora. Ele podia muito bem tomar o primeiro ônibus para Saint-Germain-des-Fossés, desaparecer.

Enquanto caminhava, foi recobrando a confiança. O que é que provava que esse "assunto que lhe concerne" era perigoso para ele? Esse assunto talvez fosse, ao contrário, um acontecimento feliz. Tinham decidido encarregá-lo de uma missão. Queriam simplesmente pedir-lhe uma informação. Não havia nada contra ele, nada escrito, nada tangível. Aliás, ele não fizera nada. Ele havia dito, há algum tempo, a bastante gente, que buscava se juntar a De Gaulle, mas se fosse preciso prender todos os que tinham dito a mesma coisa... Em compensação, desde que estava aqui, tinha falado muito o quanto admirava o Marechal. E talvez tivesse até exagerado um pouco no dia em que dissera a Laveyssère que o venerava.

Supondo que certas pessoas tenham ficado sabendo das palavras que ele sustentara alhures, não havia razão para conferir a elas mais credibilidade do que às que ele sustentava agora. Tudo o que podiam contra ele era mostrar desconfiança, mantê-lo à distância. No fundo, talvez o estivessem convocando para lhe anunciar que não podiam dar-lhe o salvo-conduto. Iam dizer-lhe que, feita a reflexão, estimavam inoportuna a sua partida. Esta palavra, "inoportuno", era apreciadíssima naquele momento. Era de uma firmeza polida que agradava enormemente às autoridades vichystas.

8.

Precisamente às dez, Bridet chegou à *rue* Lucas. Ele desistira de deixar a mala no café vizinho à estação de ônibus por medo de que, caso o houvessem seguido, supusessem que não queria comparecer à convocação. Ele a confiara a um comerciante que, aliás, impusera dificuldades para aceitar guardá-la.

A *rue* Lucas, bem próxima ao parque, era a mais tranquila das ruas. Ali não se via nenhuma loja. Por outro lado, na entrada de quase todos os prédios viam-se fixadas suntuosas placas de médicos. Bridet teve muita dificuldade para encontrar o escritório da Segurança Nacional. Não havia nenhuma indicação exterior visível. Sob o arco da entrada tampouco. Ele abriu uma porta de vidro que dava para um vasto hall no meio do qual se erguia a escada principal. Na esfera de cobre ornamentada no final da rampa, uma plaqueta de papelão fora pendurada. Nela, o par de palavras "Segurança Nacional" estava escrito, porém sem fazer menção ao andar.

Como não parecia haver zelador por ali, Bridet voltou para o pátio e bateu a uma janela. "Esse é bem o espírito funcionário", pensou ele. "Esses senhores acreditam-se indispensáveis. Não podemos viver sem eles, não é mesmo? Se queremos vê-los, oras, teremos sempre de procurá-los. Eles não vão se incomodar por tão pouco."

As salas da Segurança Nacional haviam sido instaladas no mezanino. Apenas os horários de abertura estavam inscritos na porta. Bridet tocou. Era ridículo, mas o fato de o convite de entrar sem bater não figurar na porta lhe pareceu desagradável. Ninguém respondeu. Ele girou a maçaneta e deparou com um vestíbulo mobiliado com uma mesa de madeira branca e uma cadeira reservada a um empregado, que estava ausente. Bridet leu a palavra "Informações". E bateu à porta.

— Entre! — gritaram.

Ele então se viu em presença de quatro homens sentados cada um frente a uma escrivaninha individual. Teve a sensação de ter interrompido uma conversa. Os homens o examinaram. Bridet se aproximou daquele que estava mais perto da porta e mostrou-lhe a convocação. O empregado a leu várias vezes, sem dúvida, pois permaneceu um longo momento com os olhos fixos naquelas poucas linhas.

— Bridet é o senhor? — perguntou enfim.

— Sim, sou eu.

— Sr. Joseph Bridet?

— Sim, sim.

O empregado virou-se em direção a seus colegas, lastimando visivelmente não encontrar outras perguntas a fazer.

— O chefe ainda não chegou, hein?

Bridet pensou um segundo que podia aproveitar para ir embora. E disse:

— Nesse caso, queira fazer-me a amabilidade de dizer que vim e que passarei de novo mais tarde.

Os quatro homens se olharam.

— Se o senhor foi convocado, é melhor que aguarde — disse um deles.

— Eu fui convocado para as dez horas.

— Sim, sim, eu sei. O Sr. Diretor não vai demorar — disse um outro, que queria parecer mais experiente do que seus colegas.
— Ah, muito bem — disse Bridet.
— É só aguardar na entrada. Normalmente, ele está sempre aqui, ele está atrasado.

Bridet se sentou em um banco de carvalho polido situado junto à parede. Uma lâmpada sem cúpula iluminava o vestíbulo. Um pouco de claridade passava também por uma porta de vidro granulado, provavelmente da antiga cozinha. Não havia tapete, mas pregos de cobre permaneciam ainda fincados no assoalho. Na parede, não no centro, mas um pouco na sombra, uma fotografia do general Weygand[8]. Ele estava de uniforme, mas de cabeça descoberta, o que lhe dava um ar de homem independente, preparado a seguir no momento oportuno o caminho que julgasse melhor.

De tempos em tempos, a porta de entrada se abria. Ninguém parecia perceber a presença de Bridet. Os visitantes adentravam o corredor sem hesitação, entreabriam as portas, fechavam-nas.

Bridet estava menos inquieto. Ele dizia a si mesmo que, se houvesse algo verdadeiramente grave, o diretor não teria se atrasado. Sua pouca pressa em recebê-lo era o indício de que tinha assuntos mais importantes com que se preocupar. Bridet acendeu um cigarro. E notou que as trancas haviam sido retiradas, sem dúvida pelos locatários precedentes, e que, no lugar delas, havia nas portas buracos tão grandes quanto moedas de dois francos. Esse detalhe tinha algo de simpático. Tinha-se a sensação de estar acampando. Tinha-se a sensação de que não havia a intenção de prender as pessoas.

Ao final de uma meia hora de espera, Bridet se levantou e pôs-se a andar de um lado para o outro pelo vestíbulo. Os visitan-

---

8 Maxime Weygand (1867–1965), general do exército francês, foi ministro da defesa no Governo de Vichy. Foi o primeiro oficial a declarar-se partidário do armistício com a Alemanha nazista. [N.T.]

tes que vira entrar já haviam saído. Alguns até mesmo já tinham voltado. Estava se tornando incômodo ainda estar ali. O diretor, aliás, talvez já tivesse chegado e haviam se esquecido de avisá-lo.

Ele bateu sutilmente à porta do cômodo ocupado pelos quatro empregados.

— Nós saberíamos — disseram eles — se ele estivesse aqui.

Bridet voltou a sentar-se na entrada. E pensou que era só ele deixar umas palavrinhas, escrever que tinha vindo, esperado, mas que precisara ir a um encontro e tivera de ir embora.

Nesse momento, um rapaz elegante, vindo do fundo do apartamento, parou em frente a ele:

— O senhor é o Sr. Bridet?

— Sim.

— O Sr. Saussier pede desculpas por estar atrasado, ele chegará em quinze minutos no máximo. E pediu que o senhor aguarde.

— É um tanto aborrecedor — disse Bridet, reconfortado pelo tom cortês. — Eu preciso justamente ver o Sr. Basson dentro em pouco, no Interior. Já são onze horas?

O rapaz consultou o relógio.

— Não, não são onze horas.

— Sim, mas há o tempo de chegar lá.

— O senhor quer que eu telefone ao Sr. Basson para dizer que está aqui?

— Oh, não. Não é preciso.

— Quer telefonar o senhor mesmo?

Bridet fingiu achar a ideia excelente e depois, de repente, como se mudasse de ideia:

— Oh, ele vai esperar de toda forma.

Bridet voltou a sentar-se. Passou ainda uma meia hora, cortada por idas e vindas cada vez mais numerosas. De tempos em tempos, o rapaz elegante vinha para manter o visitante sossegado. Por fim, como que impressionado por não ter tido essa ideia antes, disse:

— Mas então venha até o meu escritório. O senhor estará melhor lá, desculpe-me por não ter pensado nisso antes.

— É que já são onze e meia.

— Se o senhor está inquieto por causa do Sr. Basson, pode ficar tranquilo. Acabo de telefonar ao Interior. Ele não estará lá esta manhã.

— Ah, sim. Bem, nesse caso, tudo mudou — disse Bridet, parecendo aliviado. — Eu posso esperar.

No fundo do corredor havia um quartinho onde encontravam-se armazenados um aparador de sala de jantar desmontado e um estrado. O secretário abriu outra porta. Para a grande surpresa de Bridet, ela dava para uma pequena escada interna toda nova.

— Estou lhe fazendo pegar o caminho mais curto — disse o secretário. — Perdão, vou passar na sua frente, eu mostro o caminho.

— Mas aonde nós vamos?

— Ao andar de cima.

Após um instante, Bridet se encontrava em um aposento que não tinha nada em comum com aquele do qual ele estava saindo. Sua mobília era luxuosa. Do hall, ao qual um tapete vermelho com apliques de três ramificações e uma espécie de carrinho de chá com os pés dourados davam grande aspecto, percebia-se, através das duas folhas de vidro de uma porta, um salão tão suntuoso quanto.

— Irei avisar o Sr. Diretor — disse o secretário. — Ele já deve ter chegado.

Bridet teve uma espécie de sobressalto comparável a um soluço silencioso. O que significava essa atitude estranha do rapaz silencioso? Por que dizia ele que o diretor estava lá quando ele viera apenas buscar o visitante para conduzi-lo a um local mais confortável? Bridet não teve tempo de refletir mais. O secretário entreabriu a porta de vidro.

— O Sr. Bridet pode entrar? — perguntou ele.

A resposta atravessou o hall.

— Sim, naturalmente.

O secretário sumiu e Bridet de repente se viu dentro do grande cômodo alegre e iluminado. Avistou à sua esquerda, no fundo, atrás de uma mesa que não podia ser vista do hall, um homem sentado. Este se levantou. Tinha cabelos lisos muito escassos, como que pintados no topo da cabeça. Usava um colarinho engomado e, na abotoadura, uma minúscula roseta da Legião de Honra, cujo vermelho-vivo era valorizado pela tonalidade escura do paletó. Bridet teve imediatamente a sensação de não mais estar, como até o presente momento, em presença de camaradas da sua idade, de rapazes que assumiam ares enigmáticos para se imporem, mas em presença de um verdadeiro alto funcionário. Esse Sr. Saussier era visivelmente alguém. E não devia nada à derrota. Ele devia já ter ocupado outros cargos importantes antes da guerra.

— Perdoe-me — disse o Sr. Saussier — por tê-lo feito esperar. Queira sentar-se. Eu lhe pedi para que viesse me ver esta manhã porque preciso lhe falar.

— Senhor isto não teve nenhuma importância, é muito natural.

— O senhor é, creio eu, um grande amigo de nosso simpático Basson.

— Eu não sou um grande amigo. Sou simplesmente um amigo de Basson — respondeu Bridet prudentemente.

— O senhor ficou, assim mesmo, contente em revê-lo.

— Muito feliz — disse Bridet.

— O senhor sabia que ele estava aqui?

— Eu fiquei sabendo em Lyon.

— Como? — perguntou negligentemente o Sr. Saussier.

Era possível perceber que estava um pouco incomodado que um homem da sua importância fizesse questões tão banais. Além disso as fazia enquanto fazia anotações, como se, ocupado com outras coisas, só estivesse falando para impedir que a entrevista acabasse.

— Da maneira mais simples do mundo. Nas semanas que se seguiram ao armistício, todos nós tentamos saber o que nossos amigos, e por vezes até pessoas às quais não dávamos muita importância, haviam se tornado.

— Sim, sim. Eu passei por isso. Que recordações!

— Aliás, eu não fui procurar somente ele. Fui igualmente ver Laveyssère. Sem dúvida, o senhor o conhece. Ele está no gabinete do Marechal. É um dos meus amigos, ou mais precisamente um amigo da família da minha mulher. A mãe de James Laveyssère é da família Quatrefage. Meu padrasto foi por muito tempo diretor da F.A.L, a companhia marítima França-América Latina, da qual o pai do Sr. Laveyssère foi um dos fundadores.

— Sim, sim, mas não nos afastemos muito de nosso tema. Voltemos a Basson. Você lhe pedira, de acordo com o que me foi dito, para ajudá-lo a ir embora, foi isso mesmo, não foi?

— Não exatamente. Eu disse a ele: "venho pôr-me a serviço do Marechal". Meu zelo lhe proporcionou certo riso. Ele falou: "É muito bonito da sua parte, mas você tem algo a me propor?". Eu pensei então em nosso império. E disse a ele: "O senhor devia enviar homens firmes para lá".

— E o que Basson respondeu?

— Ele me apoiou. E me disse, aliás, que era o que estava sendo feito e que me enviaria assim que pudesse. Acredito, aliás, que está feito. Eu tinha justamente de passar pela manhã no Interior. Não vou afirmar, mas me parece que meus papéis estão prontos.

O Sr. Saussier pareceu se divertir com essa notícia.

— No fundo, Basson foi muito gentil com o senhor.

— Muito.

Saussier apertou um botão. Um homem apareceu na abertura de uma porta, não à maneira de um secretário, mas com a familiaridade de um parente ou de um amigo.

— Venha, Schlessinger.

Era um homem grande, magro, arquejado, com um longo nariz fino e aquilino. Usava óculos dourados sem hastes. Ele tinha um modo elegante de parecer mais velho deixando cair atrás de si as cinzas de seu cigarro. Era de uma origem mais difícil de detectar do que a dos Outhenin, Basson, Vauvray, Rouannet, e até Saussier. Ele parecia ser um acadêmico que não fazia política pessoalmente, mas que soube tornar-se indispensável nos meios em que ela se faz. Talvez tivesse pensado que seus longos estudos o distinguiriam mais onde não eram necessários. Talvez tivesse renunciado ao objetivo pelo qual os realizara, sacrificando um ideal de juventude por consideração e proveitos mais rápidos.

Bridet sorriu. Na realidade, ele se encontrava em um estado de nervos fora do normal. E não estava entendendo nada do que acontecia. Não entendia por que o haviam convocado. Pareciam querer trocar com ele algumas impressões. Mas, enfim, não se convoca alguém à polícia para trocar impressões...

O Sr. Saussier dirigiu-se a seu colaborador.

— Eu gostaria de lhe repetir o que acaba de me dizer o Sr. Bridet, é muito interessante.

— Ah, bem, nesse caso, espere um instante — disse Schlessinger. — Vou buscar minha pasta.

Bridet olhou o diretor de Segurança com espanto. O que ele dissera então de tão interessante?

Schlessinger voltou pouco depois. Sentou-se junto à mesa, afastou alguns papéis, colocou a pasta em sua frente.

— Tome o meu lugar — disse Saussier —, será melhor para o senhor.

— Oh! Obrigado, mas não é o caso — respondeu Schlessinger dando uma olhadela em seu relógio de pulso. — Sabe que é meio-dia e meia. Talvez fosse melhor começar à tarde.

— Isso só vai levar alguns minutos. É preferível que você esteja a par. Continuaremos à tarde se for preciso. Vou resumir rapidamente as declarações do Sr. Bridet.

— As declarações! — Bridet exclamou rindo. — A palavra é um pouco solene.

— É o seguinte — continuou Saussier, sem parecer ter escutado a interrupção. — O Sr. Bridet alega que, desejando servir a nosso governo, ele mesmo veio a Vichy, sem ter sido convidado por ninguém, para fazer contato com amigos. Ele esteve com Basson, com o Sr. Laveyssère. É isso mesmo, Sr. Bridet?

— De fato, porém com o detalhe de que não são alegações, mas a verdade.

— Isto não corresponde exatamente ao que me disse Basson — observou Schlessinger, que não abrira ainda sua pasta.

— O senhor acredita então que teria sido Basson quem teria dado o primeiro passo? — prosseguiu Saussier.

Essas três últimas palavras – "o primeiro passo" – causaram um calafrio em Bridet. Schlessinger virou-se para ele nesse momento. Segurava um cigarro nos lábios. A fumaça o fazia piscar os olhos.

— O senhor afirma não ter visto Basson em outro lugar que não Vichy, não o ter visto em Lyon, por exemplo?

— Nunca — exclamou Bridet, que, de repente, pela primeira vez, acabara de ter a impressão de que não era mais ele quem estava em causa, mas Basson.

Este último fizera algo grave. Não podendo responder por seus atos frente a seus colegas, um funcionário de fora da polícia, mas que tinha laços com ela, conduzia a investigação.

Seu olhar ficou turvo a tal ponto que um líquido estranho parecia ter se espalhado pela córnea. Se Basson era culpado por algo, Bridet, ao ampliar sua amizade com ele, ao valer-se dela, admitira-se cúmplice.

Schlessinger abriu a pasta. Retirou dela alguns papéis e os passou para Saussier, que os leu com atenção.

— Vauvray e Keruel teriam então sido enganados pelas Informações Gerais — observou Saussier em seguida.

— Por quê?

— Eu pensava que não havia duplo.

— Sim, sim, Hild não é assim tão besta. Ele os conhece.

Já fazia um minuto que Bridet buscava um jeito de voltar atrás no que dissera, um jeito de remover de sua amizade com Basson a importância que imprudentemente lhe conferira. Transpirava tanto que o suor escorria até o colarinho, molhando suas bordas. Ele não tinha deixado escapar uma só réplica do diálogo dos dois policiais, porém esses homens eram mestres na arte de se compreender com meias palavras frente a um terceiro.

— Os senhores me intrigam — disse ele, tentando manter um ar natural. — De que se trata, então?

— Basson afirmou que lhe conhecia, de fato, que você veio fazer uma solicitação, mas disse que lhe repeliu a cada vez e que não considerou em um momento sequer lhe conceder um salvo-conduto para a África. Ele até mesmo deixou claro que você não lhe inspirava nenhuma confiança.

— Como? — exclamou Bridet, simulando indignação. — Os senhores querem que eu lhe telefone na sua frente?

Os dois chefes de polícia trocaram um sinal.

— Ele não tem mais telefone — o Sr. Saussier não pôde impedir-se de dizer.

— Trate de passar depois do almoço no Hôtel du Parc — falou Schlessinger. — Precisaríamos que De La Chazelle nos confie os telegramas, pelo menos ainda esta noite.

Bridet fez menção de levantar-se.

— Faço questão de telefonar — insistiu ele.

— Fique calmo, Sr. Bridet.

— Faz três horas que estou aqui. É desse jeito que são tratados aqueles que querem servir ao Marechal?

— Veja bem o que diz, senhor Bridet.

— Certamente o Marechal ignora o que acontece em torno dele. Se soubesse, não toleraria.

Saussier e Schlessinger se entreolharam.

— O senhor está começando a esticar demais a corda — observou o diretor da Segurança. — Deixe o Marechal em paz.

— Nós retomaremos nossa conversa — disse Schlessinger olhando o relógio —, já é uma hora e vinte.

Dirigindo-se a Bridet, mas em um tom bem menos cordial do que no começo, como se a oscilação de humor de Bridet lhe concedesse liberdade, Saussier prosseguiu.

— Temo que o senhor não vá encontrar mais nada para comer nos restaurantes. Desça ao andar de baixo. Um dos homens que o senhor viu ao chegar vai levá-lo a um restaurantezinho muito amigável que se encontra bem perto daqui. Dessa maneira, o senhor poderá voltar imediatamente após almoçar para que possamos terminar essa história.

Bridet esteve a ponto de dizer que tinha um encontro, mas estava com tanto medo de perceber que era prisioneiro que preferiu seguir o planejado.

— É uma ótima ideia! — ele disse.

9.

Bridet almoçou com um inspetor cujo sobrenome era Bourgoing e que, de maneira um pouco custosa, simulava diante dos garçons e dos clientes ter reencontrado um velho camarada a quem ele fazia total questão de agradar. Após a refeição, Bourgoing pediu licores. Sentia-se que em tais circunstâncias seus superiores não examinavam tão detalhadamente as notas fiscais.

Às três e meia, eles retornaram à *rue* Lucas. No meio do caminho, Bridet teve uma veleidade de independência. E entrou, sem prevenir seu companheiro, em uma tabacaria. O inspetor esteve a ponto de segui-lo, mas mudou de ideia e o aguardou na porta.

Eles subiram diretamente ao primeiro andar pela grande escada. Porém, ao invés de ser conduzido, como esperava, diretamente ao Sr. Saussier, Bridet foi introduzido em uma salinha na porta da qual fora fixado o cartão de visita de um certo Yves de Keruel de Mermor.

Não havia cravos como sobre a mesa de Basson, mas, entre duas placas de vidro sustentadas por um suporte de níquel, uma grande fotografia mostrava uma mulher lindíssima, segurando uma criança de cerca de 10 anos em cada braço. A pose lembrava a de um quadro da Sra. Vigée Le Brun. Essa evocação da vida privada do Sr. de Keruel de Mermor era tão perfeita que ela não tinha nada de familiar e passava pela cabeça o pensamento de que essa fotografia provinha na verdade de alguma revista elegante.

A espera estava se tornando intolerável. À medida que a tarde corria, Bridet tinha a impressão cada vez mais clara de que não reaveria sua liberdade, que não haveria tempo para terminar, como dissera Saussier, sua história. Eles o reteriam então. Uma vez que não o tinham deixado almoçar sozinho, não havia razão para que o deixassem jantar ou passar a noite. De tempos em tempos, Bourgoing vinha pedir-lhe para ter paciência, pois o Sr. Saussier não ia demorar, dizia ele, e, no entanto, quando a porta estava aberta, Bridet escutava a voz do diretor.

Às cinco horas, o próprio Keruel entrou na sala, acompanhado, sem razão aparente, por Bourgoing. Era um homem grande, de rosto ossudo, com o pomo de Adão saliente e que envergava com elegância um terno cinza de flanela e uma gravata de tecido azul com bolinhas brancas. Até o presente, todos os funcionários com quem Bridet tratara haviam afetado tratá-lo com muito obséquio. Pela primeira vez, não ocorreu o mesmo. Keruel não disse uma palavra.

— Estou incomodando? — perguntou Bridet, que almejava ainda, mas sem muita força, manter a aparência de um visitante comum.

— Nem um pouco — respondeu secamente Keruel.

Ele sentou-se em sua mesa e depois, sem olhar Bridet:

— O Sr. Saussier encarregou-me de vê-lo...

Essa fala fez Bridet gelar. Nada era-lhe mais penoso do que ter de tratar continuamente com pessoas novas. Era assustador. Quando acreditava ter conquistado a simpatia de um, dava-se conta de que tudo teria de recomeçar com um outro. Bridet virou-se instintivamente, com a esperança de ver o inspetor. Era absurdo, mas a presença dele o teria reconfortado.

Keruel tirara um molho de chaves do bolso. Ele abriu as gavetas de sua mesa e depois pegou o telefone, falando longamente sem se ocupar de Bridet. Levava tão a sério suas novas funções que misturara suas chaves antigas, aquelas da propriedade na Bretanha, às de Vichy. Quando terminou, pôs-se a escrever. Passou-se assim uma meia hora e Keruel não dirigira ainda a palavra a Bridet quando a porta se abriu. Era o Sr. Saussier.

— Queira passar ao meu gabinete — disse ele, sem parecer reconhecer Bridet. — O senhor vem também — completou ele, dirigindo-se a Keruel.

Alguns instantes depois, Bridet se encontrava no grande escritório da manhã. Porém, não se tratava mais do cômodo elegante e silencioso onde um chefe toma suas decisões e onde um estranho só entra com precaução. Todas as portas estavam abertas. Havia fumaça. O Sr. Schlessinger estava sentado no lugar do diretor. Sua pasta estava diante dele, sobre a mesa. Dois homens conversavam perto de uma janela, um terceiro estava sentado em uma poltrona. Escutava-se, vindo da sala vizinha, o barulho de uma máquina de escrever.

Bridet estacou como se estivesse importunando. Saussier disse-lhe:

— Entre, entre.

Ao pensamento de que toda essa gente se encontrava reunida por sua causa, Bridet foi tomado de pânico por um instante, mas viu que ninguém dava importância à sua pessoa. As portas permaneciam abertas, ele recuperou confiança.

— Sente-se — disse Saussier.

Bridet obedeceu. Olhou para Schlessinger, depois para os três desconhecidos. Decididamente, ninguém se importava com ele. Mas, de repente, seu olhar se encontrou com o de um dos homens. Uma lufada de calor subiu-lhe à cabeça. O olhar fora desviado depressa, como um olhar pego de surpresa.

Alguns minutos se passaram, durante os quais Bridet, escutando o que se dizia, tentava compreender a razão dessa reunião. Mas a conversa girava em torno do Ministério das Finanças. Ao que parece, fora muito inteligente da parte do Marechal ter cedido ao desejo que os alemães tinham de vê-lo voltar a Paris. Fincava-se o pé, assim, na capital. Em algumas semanas, outro ministério seguiria. E, num belo dia, sem nada terem percebido, os alemães se encontrariam diante de um governo francês solidamente instalado em Paris.

Um dos dois homens que se achavam perto da porta aproximou-se de Bridet.

— Um cigarro, senhor Bridet? — disse ele, apertando o botão de seu estojo.

— De bom grado — disse Bridet, assustado outra vez pelo fato de um desconhecido lhe chamar pelo nome.

— Estamos fazendo o senhor perder o seu tempo...

— Isso me seria indiferente — observou Bridet — se eu soubesse por quê. Porém nada é mais desagradável do que esperar assim, durante horas... Tem-se a leve impressão de que hoje...

Bridet interrompeu-se, não ousando desvelar seu pensamento.

— Oh! — disse o homem sorrindo — o senhor não precisa se inquietar. Os acontecimentos justificam essas mudanças nos costumes. Não devemos mais nos impressionar com nada. Atualmente, tudo é possível.

Bridet sentiu que seu interlocutor, mesmo que não tivesse parado de sorrir, experimentava uma espécie de satisfação maldosa em falar assim com ele. O tempo da facilidade, do obséquio, da gentileza fora revogado. Era um pouco como se ele, Bridet, não houvesse compreendido o profundo sentido da derrota, como se ele tivesse a ingenuidade de pensar que as coisas poderiam ainda se passar como em um período normal.

Nesse momento, o Sr. Saussier aproximou-se.

— Não fique irritado, Sr. Bridet. A propósito, diga-me, eu havia esquecido de falar-lhe a respeito, o senhor não tinha me dito que não estava mais no Hôtel des Deux Sources.

— Saí de lá esta manhã.

— Como assim?

— Eu planejava voltar a Lyon esta noite.

— E suas malas?

— Eu as deixei em um café, perto da estação.

— Ah bom, agora entendi. Perdoe-me a indiscrição, mas esta tarde um de nossos inspetores foi até lá inutilmente. Avisaram-no que o senhor havia deixado o hotel e que tinha levado tudo.

Ruídos de vozes vindos do hall interromperam o Sr. Saussier. Ele virou-se. O Sr. Schlessinger se levantara. Avistavam-se dois homens de costas falando com interlocutores invisíveis.

— Aí estão eles! — exclamou Saussier.

Dirigindo-se a Bridet, ele anunciou:

— O senhor vai encontrar seu amigo Basson.

Bridet compreendeu então bruscamente o que estava se passando. Eles seriam confrontados. Tudo se esclarecia. Mas por quê? O que era preciso dizer?

Pouco depois, Basson entrou na sala. Keruel de Mermor o seguia, acompanhado por dois homens. Fez sinal para que permanecessem no umbral da porta. Eles obedeceram com a indiferente docilidade de soldados requisitados para cumprir uma ordem. Bridet olhou para Basson, esperando encontrar seus olhos para neles ler algum conselho. Mas Basson não pareceu vê-lo. Ele não saíra, certamente, de um local escuro e, no entanto, seu olhar tinha algo de vivo e fugaz, como o de um acusado no momento em que adentra o tribunal de justiça. Nada mudara em sua aparência exterior, na sua maneira de ser, ele não se transformara em termos físicos, mas uma expressão de uma gravidade extraordinária, como se ele houvesse tido a morte ou uma assustadora desgraça em frente aos olhos, gravara-se em seu rosto, não naquele momento, mas, adivinhava-se, há algumas horas.

Ele avançou, a cabeça erguida, aparentemente bem senhor de si. A luz, vinda da ruazinha burguesa, espalhara-se sobre ele. Então, um surpreendente detalhe mostrou-se a Bridet: Basson parecia ter rejuvenescido. Sua palidez parecia a de uma garota. Ele não tinha mais rugas. Seus traços tinham-se afinado. O medo ou a emoção haviam tido o poder inesperado de remover desse rosto o que ordinariamente ele tinha de pesado e material.

Bridet esticou o queixo para atrair a atenção de seu amigo. Este não o viu, ou antes (ao menos Bridet teve essa impressão), não quis vê-lo. Visivelmente, Basson desprezava aquelas pessoas e nem sequer se dignava a reconhecer o camarada de outrora, que agora queriam voltar contra ele. Ele olhou para o Sr. Saussier, que lhe disse:

— O seu assunto não é comigo, mas com o Sr. Schlessinger.

— Pois bem — respondeu Basson, posicionando-se em frente à mesa.

Seria porque seu coração batia mais forte ou mais rápido? Sob os olhos de Basson, numa de suas olheiras, percebia-se o tremor regular de uma artéria. Bridet não sabia o que fazer. Talvez devesse ter se levantado, apertado a mão de seu amigo, fingir não saber de nada, mas ele não tinha forças para isso. No entanto, era incapaz de tirar os olhos dele. E notou de repente que, sem perceber, Basson mantinha a boca continuamente entreaberta, não com uma expressão de relaxamento, como normalmente é o caso, mas para respirar melhor.

"Por que ele não fecha a boca?", perguntou-se Bridet, sofrendo por ver seu amigo, cujas forças levavam a crer que era inteiramente senhor de si, trair-se por um detalhe tão fácil de corrigir.

— Sente-se — disse-lhe Schlessinger com dureza.

— É inútil — respondeu Basson.

Um instante depois, seus lábios entreabriram-se de novo. Dez homens encontravam-se na sala. Apesar disto, de repente fez-se silêncio, revelando que ninguém se distraíra de fato no burburinho de agora há pouco.

— Queira se aproximar, Sr. Bridet — disse Schlessinger.

Bridet percebeu que somente ele permanecera sentado. E se levantou de maneira precipitada. Agora, ele se encontrava de pé, ao lado de Basson, em frente à mesa.

— Os senhores se conhecem ou não se conhecem? — perguntou Schlessinger, como que zangado por uma comédia que já durava horas.

Basson e Bridet olharam-se abertamente pela primeira vez.

Bridet hesitou um instante. Ele acabara de ter, de súbito, a sensação de que lhe faltara naturalidade, de que, ligado a Basson como todos o sabiam ser, deveria ter falado com ele de imediato, sem que para isso precisasse ser convidado. Deveria ter-lhe apertado a mão, inclusive.

Basson também se mantinha calado. Examinou seu camarada dos pés à cabeça. Em seguida, como se lhe tivessem posto essa questão a respeito de alguém sem importância, ele respondeu com frieza:

— Sim, eu conheço o Sr. Bridet.

— Sim, sim, nós nos conhecemos — disse este.

Basson se manteve impassível. Ele não negava que conhecia Bridet, mas sentia-se que desprezava esse estratagema policial que consistia em querer atingi-lo por intermédio de um amigo. E não estava bravo com este por prestar-se a isso. Porém, com sua frieza, mostrava aos policiais que eles estavam perdendo tempo, que sua amizade pelo camarada de outrora não tinha uma importância tal que pudesse embaraçá-lo no que tinha a dizer em defesa própria.

Schlessinger abriu sua pasta. Mas não tirou dela nenhum papel.

— Os senhores afirmam — disse ele aos dois homens — não terem jamais se encontrado em Lyon?

— Eu afirmo — exclamou Bridet, muito contente em dizer a verdade.

Basson não respondeu. Com seu ar de desdém, dava a entender que, se era tudo o que tinham a lhe perguntar, ele não via utilidade em responder.

Tal atitude deve ter descontentado Schlessinger, pois este o pegou à parte:

— O senhor não queria enviar seu amigo Bridet à África?

— Ele me pediu, ele queria, ele.

— Por que é que o senhor lhe deu um salvo-conduto? Apesar de lhe terem sido fornecidas as piores informações a respeito dele.

— Eu só tive conhecimento dessas informações tarde demais. E cancelei-o imediatamente. Quando ele veio me ver ontem, eu lhe disse que não tinha resposta.

— Sim, mas o senhor não avisou os serviços. Tudo se passou como se o senhor quisesse que o embarque ocorresse sem o seu conhecimento. O senhor não planejava fazer uso de Bridet como um mensageiro?

— Nunca.

— Oh! Nunca — confirmou Bridet.

— O senhor diz — prosseguiu Schlessinger — ter cancelado o salvo-conduto. Mas é curioso que tenha esperado que nós estivéssemos em posse dos seus telegramas de Lisboa para fazê-lo.

Basson passou a língua nos lábios. Ele transpirava, mas pouco. Nenhuma gota de suor em seu rosto, mas uma espécie de umidade, como o rastro de um pano úmido sobre mármore.

— Bridet me pediu um salvo-conduto e eu lhe recusei, isso é tudo. Supondo que eu estivesse precisando de um agente, peço-lhes que acreditem que teria escolhido melhor. Quanto aos telegramas de Lisboa, é uma outra história.

Schlessinger voltou-se para Bridet.

— Por que, então, o senhor estava frequentemente no Ministério do Interior? E essa viagem a Lyon? Um salvo-conduto não precisa de tantas manobras, tantas idas e vindas, sobretudo quando se é amigo de Basson.

— Pediam-me sempre para voltar. Agora entendo por quê. Como o Sr. Basson acaba de dizer, ele nunca teve a intenção de me dar o salvo-conduto. Ele estava me enrolando, sem ousar, por amizade, apresentar-me uma recusa formal.

Bridet pronunciara essas palavras com um tom amargo. Na verdade, desde que tivera a revelação de que Basson pensava como ele, agia contra Vichy, fora invadido por uma imensa necessidade de servi-lo, de devotar-se a ele, de lhe mostrar que era fiel em amizade. Mas não ousava fazê-lo. Ele adivinhava que era justamente o que Basson temia, que a frieza deste, que sua preocupação em o manter à distância, vinham de seu temor em ser mais comprometido do que ajudado.

— Creio que o Sr. Bridet pode retirar-se. Ainda não recebemos a visita da informante de quem falei — disse o Sr. Saussier. — Ela deve chegar esta tarde no trem das sete horas. Seu testemunho nos será preciosíssimo. Se souber de algo, mandarei avisar o Sr. Bridet. No momento, me parece valer mais a pena tratar de tirar a limpo a história dos telegramas.

— Não se esqueça de que amanhã à noite vou a Paris e só estarei de volta no sábado — disse Schlessinger.

Depois, dirigindo-se a Bridet, ele completou:

— O senhor pode ir, Sr. Bridet. Volte amanhã de manhã.

Bridet estava tão contente por estar livre e, após todas essas emoções, o que estava acontecendo era tão inesperado que ele não pôde esconder sua felicidade, apesar da vergonha que tinha de mostrá-la e de parecer ter admitido, sem mais protestar, que até este momento estivera privado de sua liberdade.

— Obrigado, obrigado — disse ele, com essa necessidade de amor, ou antes, de fraternidade, com essa expressão de reconhecimento, de candura, de profunda sinceridade aos quais os policiais não dão nenhuma importância quando o chefe deles o considera culpado, mas que os comove quando vem de um homem a quem a justiça foi feita.

— Você não tem nenhuma razão para nos agradecer — disse Schlessinger, dirigindo-se a Bridet como a um desmiolado.

— Você virá me ver — disse Basson, sem esconder um leve desprezo por esse camarada que sabia tão mal se conter, mas, sobretudo, para mostrar a todos esses policiais que não duvidava do final feliz do inquérito.

Bridet dirigiu-se à porta. Toda a segurança que ele perdera ao longo dessa assustadora jornada tinha voltado. Ele parou para acender um cigarro. Agora que estava livre, não queria parecer apressado em sair, experimentando até uma incompreensível vontade de ficar, de assistir como testemunha ao que se seguiria. No momento de deixar a sala, não pôde impedir-se de retornar e dizer uma palavra a Schlessinger.

Ele estava a dois passos da mesa quando ouviu o alto funcionário policial, que não previra esse estranho retorno, dizer a Saussier, sem levantar o nariz de seus papéis: "É um empregadinho, o seu Bridet...".

Essa opinião pouco lisonjeira não interrompeu Bridet. Ele queria parecer jamais ter duvidado de que a verdade triunfaria. E o melhor meio de que notassem sua confiança era mostrar que suas ideias tinham continuidade. Ele viera até Vichy pedir um salvo-conduto. Iriam dá-lo agora? Ele se aproximou ainda mais da mesa. Basson não o olhou. Ele ainda estava de boca aberta. De tempos em tempos, levava a mão ao rosto como se uma mosca o importunasse. Mas não era uma mosca, eram gotas de suor isoladas que agora escorriam sobre sua pele.

— Desculpem-me — disse Bridet, com o tom de um homem que busca aumentar a simpatia secreta que acredita ter inspirado —, mas eu queria lhes dizer duas coisas. Vocês me pediram para voltar amanhã de manhã. Querem que eu venha em torno das dez? Além disso, queria falar sobre os meus papéis. Mas falarei disso amanhã. Estou vendo que os senhores não têm esse tempo hoje.

— Sim, dez horas, perfeito — disse Schlessinger, levantando os olhos e olhando Bridet como se não soubesse mais muito bem de quem se tratava.

Bridet saiu da sala. Quando ele atravessava o vestíbulo a passos rápidos, escutou:

— Um segundo, Sr. Bridet.

Ele reconheceu a voz de Bourgoing, com quem fizera um almoço forçado, que papeava com um de seus colegas. Bridet virou-se, simulando um profundo espanto.

— O senhor tem algo a me dizer? — perguntou ele.

— Permitiram que o senhor saísse? — interrogou Bourgoing.

— Sim.

— Mas ninguém me avisou.

O inspetor usou o colega como testemunha.

— Você está a par? — perguntou.

Bridet, que jamais fora uma figura muito importante, temeu, como tantas vezes em sua vida, ser vítima de subalternos.

— Eu acabo de me despedir do Sr. Schlessinger — disse ele secamente.

— Sim, é possível, mas o Sr. Schlessinger não me disse nada.

— Eu repito que acabo de deixá-lo.

Os dois inspetores se olharam.

— Vá ver — disse um deles.

— Não é o caso de ter tanto zelo — observou Bridet.

— Oh! É melhor que eu vá lá — disse Bourgoing.

— Meu Deus, como vocês gostam de complicar as coisas — disse Bridet ao inspetor que permanecera com ele.

Pouco depois, Bourgoing voltou.

— Eu fiz bem de ter ido lá — disse ele. — Devemos conduzi-lo aonde você sabe. Foi o Sr. Saussier quem disse.

— E o Sr. Schlessinger? — perguntou Bridet, invadido de novo pela inquietude.

— Nem me fale desse aí... Ele quase me botou para fora.

10.

Eles jantaram no restaurante em que haviam almoçado. Decididamente, esse restaurante havia caído nas graças da polícia. Bridet se perguntava o que planejavam fazer com ele. Seus companheiros eram muito gentis. Tratavam-no com muita deferência. Foi assim que o deixaram escolher a mesa. Serviram-lhes um trago, depois outro às escondidas, pois não era a hora. Embora sua situação estivesse bem pior do que à tarde, Bridet sentia-se aliviado. O dia acabara. Nada poderia acontecer-lhe antes do dia seguinte. Ele iniciou uma conversa com seus guardiões. Eles não pareciam considerar seu prisioneiro uma figura perigosa. "Isso facilita a tarefa deles", pensou Bridet.

    Eles aparentemente não duvidavam de que ele seria solto e, na atenção que lhe devotavam, era possível adivinhar que estavam buscando ganhar sua simpatia. Bridet talvez tivesse alta proteção. Eles obedeciam aos chefes, mas não se esqueciam de que, por não se sabe que reviravolta, a situação podia mudar.

À noite, a atmosfera é sempre mais cordial. No final do jantar, o patrão veio se sentar por um instante à mesa deles. Bridet estava agora muito otimista. Nada distinguia seu grupo dos grupos vizinhos. Esses inspetores, afinal de contas, eram boas pessoas. Eles se conduziam cada vez mais como se Bridet fosse ser liberado no dia seguinte, como se fosse necessário aproveitar as circunstâncias para fazer nascer uma amizade que, mais tarde, poderia ser útil.

Eles chegaram a falar sobre o que iriam fazer com Bridet à noite, mas no tom de homens que também são forçados a dormir fora de casa e como se a mesma aventura infeliz houvesse ocorrido a eles três.

Mesmo assim, depois do jantar, eles conduziram Bridet à delegacia vizinha, assumindo ares de pessoas aborrecidas por voltarem tão cedo. Disseram que "aquilo não lhes descia bem".

Eram oito e meia. Já era noite há bastante tempo. Cinco ou seis agentes de uniforme papeavam na sala de plantão. Quando os recém-chegados se apresentaram, eles não se moveram. Bourgoing perguntou se o chefe estava. Mediante a resposta negativa de um agente, ele não pareceu contrariado. "Nós viemos passar a noite", disse. Os agentes olharam Bridet, não como um delinquente ou um criminoso comum, mas como um homem caído em uma desgraça provisória e que, embora não fosse possível sabê-lo, poderia já amanhã reencontrar-se com a sorte perdida.

Um deles, contudo, mantinha uma expressão negativa. Adivinhava-se que ele tinha uma profunda raiva dos homens que, sem possuir nenhum título particular, eram próximos ao poder. Aos seus olhos, Bridet era um desses. Era um daqueles homens que haviam perdido a guerra e que, ainda neste momento, ao invés de serem conduzidos diretamente ao pelotão de fuzilamento, continuavam causando temores e eram tratados com obséquio, pois, no fundo, ainda eram poderosos, mesmo nas mãos da polícia.

Os agentes abriram espaço para os recém-chegados. Aquele que olhara Bridet com maldade se pôs a falar em voz baixa. Seus colegas pareceram embaraçados e, depois, tornando-se bruscamente menos amáveis, reuniram-se em um canto do posto.

Bourgoing perguntou se eles tinham um baralho. Eles responderam de má vontade. "Vou tratar de encontrar um", disse o outro inspetor. E voltou pouco depois com um jogo novinho, que ele provavelmente comprara em uma tabacaria vizinha. Essa liberdade conferida aos seus guardiões de efetuar pequenas despesas para o próprio conforto e distração pareceu a Bridet bastante inquietante. Ela tomava parte nessas atenções vindas de cima que tornam a acusação ainda mais grave. Dir-se-ia que da forma como Bridet fora inserido naquilo, pouco importava se ele fosse ou não amigo dos gambés. Não se queria mal à sua pessoa física. O problema era bem mais sério.

Bridet não sabia jogar nenhum jogo. Os policiais ensinaram-lhe a tranca. Foi penoso. Apesar de toda a sua boa vontade, não pôde reter nenhuma regra, tamanha era sua preocupação. E, durante mais de uma hora, teve a sensação desagradável de que, com sua incapacidade em aprender, estava espalhando à vista de todos a aflição que o devorava por dentro. No fim, disse brincando: "Vou parando por aqui. Joguem vocês dois. Eu serei o juiz".

O secretário do delegado entrou na sala nesse momento. Ele se aproximou dos dois homens, mas não olhou para Bridet. "Quem está ganhando?", perguntou. E depois se retirou sem parecer ter notado a presença do prisioneiro. Aparentemente, ela não tinha nada de excepcional. Eles deviam sempre trazer um desconhecido para passar a noite. Por meio de sua indiferença pela pessoa vigiada, o secretário queria visivelmente mostrar que não antecipava nada do futuro e se mantinha à distância dessas camaradagens acidentais cujas consequências não era possível prever.

Às dez horas, dois agentes ciclistas que voltavam de uma ronda adentraram a delegacia. Eles não falaram com os inspetores. Bridet os flagrou perguntando quem dos três era o acusado. Devem ter-lhes explicado, pois Bridet percebeu pouco depois que os dois ciclistas o examinavam com curiosidade.

Uma meia hora mais tarde, os dois inspetores pararam de jogar.

— E as cobertas? — perguntou um deles.

— É que nós não as temos — disse um agente, com aquele mau humor dos empregados para quem o mais insignificante trabalho que não entre no que eles chamam "suas atribuições" parece um mundo.

— Mas nós precisamos delas — disse o inspetor. — O senhor aqui não vai passar a noite desse jeito.

Ver que os inspetores o defendiam desse modo causou mais uma vez uma péssima impressão em Bridet. Era tão artificial. Independentemente de quão sinceros parecessem ser, quando se sabia em que situação ele se encontrava frente a seus guardiões, era difícil levá-los a sério. Ele escutou, com a mais completa indiferença, as palavras agridoces que se diziam.

Subitamente, o secretário reapareceu.

— Venha aqui um instante — disse ele a Bourgoing.

Bridet estava cada vez mais nervoso. Tinha a impressão de que tudo isso era um teatro dos inspetores para se livrarem dele, trancando-o numa cela a fim de poderem ficar em suas casas tranquilamente até a manhã. Eles não tinham evidentemente recebido tal ordem, mas fariam como se houvessem sido obrigados a fazê-lo.

Pouco após, Bourgoing voltou.

— Podem ficar com elas... as suas cobertas! — disse aos agentes.

Depois, virando-se para o seu colega e para Bridet, ele completou:

— O patrão nos requisitou.

— Agora! — exclamou o inspetor espantado.

— Sim, é isso mesmo.

Bridet olhou para os dois homens, tentando compreender em seus rostos se isso era uma boa ou uma má notícia.

— Como é... que é? — perguntou ele em duas etapas.

— Nós não sabemos de nada.

— Que estranho — constatou Bridet.

Ele sentiu, de repente, que a suposta amizade que se estabelecera entre ele e os inspetores acabara de se desfazer, que agora, ao contrário de há pouco, seus guardiões estavam apenas executando ordens, que eles tinham voltado a ser aquilo que eram pagos para ser.

Ao sair na noite, ele foi tomado pelo medo. Já era penoso em pleno dia ser conduzido de escritório em escritório, esperar, ser interrogado, mas à noite, quando toda atividade parecia dever ser suspensa, aquilo tinha algo de muito mais ameaçador. De dia, todo o pessoal, toda aquela gente indo e vindo no próprio seio da polícia, era uma espécie de garantia. Mas agora que todos os escritórios estavam desertos, que todos estavam dormindo, ele estava como que entregue à discrição de algumas pessoas.

— Isso acontece sempre — perguntou Bridet com um ar indiferente —, o Sr. Saussier interrogar as pessoas à noite?

— É a primeira vez — disse um dos inspetores.

Bridet sentiu as pernas pesarem.

— O que os senhores acham que aconteceu?

— Eu não sei, disse o inspetor. Nós apenas obedecemos.

— Os senhores não vão me deixar...

Essas palavras escaparam de sua boca. Em seu infortúnio, frente ao mistério daquilo que o esperava nos estabelecimentos policiais desertos, ele não pudera impedir-se de se apegar a esses homens que, embora fossem indiferentes, tinham apesar de tudo certa consciência do bem e do mal.

Na *rue* Lucas, nenhuma janela iluminada.

— Há algum engano — disse um inspetor. — Não é possível. Todos já foram. Vá dar uma olhada...

O outro inspetor entrou na casa. E voltou pouco após.

— Sim, sim. Eles estão nos esperando. Eles estão no escritório do Keruel.

Os dois inspetores fizeram Bridet passar à frente, depois fecharam a porta. Não havia interruptor disponível. À luz de um isqueiro, começaram a subir a escada. Bridet teve de se apoiar no corrimão por um instante.

— Vamos, vamos, suba, faça o que estamos dizendo — gritou Bourgoing, que se transformara bruscamente.

Bourgoing permanecera atrás. Bridet acabara de ouvi-lo dizer a seu colega que Saussier não ficara contente com o fato de ele, Bourgoing, ter vindo perguntar se a ordem de trazer o prisioneiro fora realmente dada.

— Que maçada — murmurou Bridet.

— O que você disse?

— Quanta escada.

— Preste atenção. Aviso que eu não sentirei sua falta.

No primeiro andar, Bridet estacou.

— Tem mais um andar — disse Bourgoing — e não banque o esperto.

— Então eles têm a casa inteira — exclamou Bridet. — O mezanino, o primeiro andar, o segundo...

— Não dê atenção a isso.

O andar estava escuro. No fundo do corredor, percebia-se, contudo, um pouco de luz. Saussier e Keruel estavam sentados em um pequeno cômodo de aspecto modesto, iluminado apenas por uma luminária em cima da mesa. Eles pareciam tranquilos diretores de uma casa comercial verificando as contas na ausência de seus funcionários.

— Entre, Sr. Bridet — disse Saussier com uma amabilidade inesperada.

Dir-se-ia que um fato novo a favor de Bridet se realizara e que ele, não tendo nunca duvidado disso, estava feliz de poder falar-lhe como sempre quisera ter podido fazer.

— Nós, o Sr. Keruel, o Sr. Outhenin e eu, acabamos de ter uma longa conversa com a sua mulher — continuou Saussier.

— Com a minha mulher! — exclamou Bridet.

— Sim, mas deixe-me terminar. O que ela nos disse está perfeitamente de acordo com o que o senhor mesmo nos disse. Eu pensei que o senhor ficaria feliz em revê-la já esta noite — prosseguiu Saussier com aquele respeito um pouco condescendente que os oficiais têm pelos deveres conjugais de seus homens. — É por isso que, apesar da hora tardia, eu mandei lhe chamar, certo de que por um motivo como esse o senhor não ficaria zangado comigo. Sua mulher desceu ao hotel, espere...

— O Hôtel des Étrangers — disse Keruel.

— Ela está lhe esperando. A única coisa que eu lhe pediria, Sr. Bridet, é a gentileza de passar amanhã de manhã, não aqui, mas no andar de baixo. O Sr. Schlessinger, a quem não pude avisar, tem ainda alguns pequenos assuntos para ajustar com o senhor. Aliás, eu estarei lá.

— Mas por que é que minha mulher está em Vichy?

— O senhor mesmo perguntará a ela daqui a pouco. Ela dirá melhor do que eu — disse Saussier, com um sorriso cheio de subentendidos.

Era tão evidente que Bridet não insistiu.

— Então até amanhã, Sr. Bridet. Lembre à sua mulher que ela nos prometeu vir também.

Bridet apertou a mão de cada um.

— Estou feliz pelo senhor e por mim — disse Bourgoing ao reconduzi-lo até à porta. — São serviços sujos que não gostamos muito de ter de cumprir. Queremos, sim, defender a ordem, mas não queremos ser instrumentos de vinganças políticas. O senhor me compreende, não é, Sr. Bridet? Cada um tem de fazer seu trabalho.

11.

Bridet perguntou a um passante onde se encontrava o Hôtel des Étrangers. Não havia lua. As estrelas eram tão numerosas que a primeira impressão de Bridet foi que o céu estava escondido por bruma. Foi só após um instante que ele se deu conta de que, pelo contrário, o céu estava límpido e que essa bruma eram as próprias estrelas. De tempos em tempos, ele se voltava para trás, não podendo acreditar que não o estavam seguindo. Lampadários brilhavam nas árvores. Sua alegria de estar livre, no entanto, não era completa. Ele se perguntava como é que sua mulher tinha vindo parar em Vichy e como esse simples fato teria sido suficiente para o soltarem. Era estranho. Ele pensava em Saussier. Ele lhe dissera para voltar no dia seguinte. As coisas, então, passavam-se um pouco como se, tendo alguém para aboná-lo, não fosse mais necessário se assegurar sobre sua pessoa, como se Yolande houvesse dado todas as garantias, servindo de algum modo como caução e igualmente como se, afrouxando a pressão, permitindo-lhe saborear de novo a doçura da vida, a polícia esperasse arrancar dele com mais facilidade aquilo que desejava. Pois, afinal, era estranho que às dez e meia da noite, quando já se tinha decidido fazê-lo dormir na delegacia, tivessem mudado de ideia. Certamente, não era um remorso tardio nem a súbita aparição de um fato provando sua inocência o que explicava tamanha generosidade. Ninguém se teria incomodado por tão pouco. Teriam, decerto, julgado que se podia esperar até o dia seguinte. Tudo isso era bastante singular. Yolande evidentemente defendera sua causa. Mas o que ela pudera invocar e de onde vinha o poder que acabara de demonstrar?

Enquanto caminhava, Bridet temia cada vez mais que sua mulher tivesse cometido uma nova gafe e o defendido desajeitadamente, que ela não houvesse garantido sua lealdade e que amanhã agravasse suas preocupações causando a prisão dela mesma como sua cúmplice. Ela teria sido capaz, com sua irreflexão, com essa mania de acreditar que ninguém verificava o que ela dizia, de dar provas inexistentes da fidelidade de seu marido ao Marechal. E, amanhã de manhã, tudo desmoronaria. Pareceria que ele desejara enganar a polícia, tendo ele próprio instruído sua mulher.

Bridet estava refletindo assim quando chegou ao hotel. Não, não era possível. Ele conhecia Yolande. Ela sempre fora hitleriana, era verdade. Ela dissera frequentemente antes da guerra: "O que nós precisamos por aqui é de um Hitler". Porém, ela não era boba. E sabia bem que Pétain não era Hitler. Acima de tudo, ele era velho demais.

Yolande estava deitada. Ela arrumara suas roupas com bastante cuidado. E estava recostada no travesseiro. Na cabeceira, o abajur estava aceso.

— Como estou feliz em ver você! — exclamou ela no momento em que Bridet entrou no quarto.

Ela não saiu da cama, mas ergueu-se para beijar o marido. Depois, deixou-se cair para trás, como se, agora que Bridet estava lá, ela pudesse relaxar. Ela ficara com tanto medo... Haviam-lhe prometido soltar seu marido ainda à noite, mas ela temera, ao ver que ele não voltava, que não fossem manter a palavra. Ela acabara de passar duas horas horríveis, mas era melhor não pensar mais nisso, já que tudo terminara, já que ele estava ali... Ah, como ela estava feliz!

— Não estou entendendo nada do que aconteceu — disse Bridet.

— Não há nada para entender — disse Yolande.

— Você veio como? O que aconteceu? — perguntou Bridet.

— Eu já disse. Outhenin me telefonou.

— Por quê?

— Eu vou explicar, meu amor. Deixe-me, por enquanto, ficar feliz. Ponha-se no meu lugar. Você não está contente? Tudo está ajeitado, meu amor.

Bridet sentou-se na poltrona. A alegria de sua mulher não o tranquilizava nem um pouco. Os contatos que acabara de ter com a polícia eram demasiado sérios para que a desconfiança se dissipasse com uma simples afirmação de Yolande. Ele precisava saber. Por enquanto, calculava que nada mudara. A indulgência da polícia escondia algo. Deviam estar enganando Yolande. Usavam-na. E essa moça destemida não queria dizer-lhe exatamente o que se passara! Sim, sem dúvida nenhuma, agora ele tinha certeza, estavam usando-a. Era bem o tipo de método desses senhores. Quando não podem desmascarar as pessoas, pegam-nas de través, pelas pessoas que lhes são caras. É o golpe clássico. Yolande deve ter sido tratada com muita gentileza. Por esse meio, sempre se está seguro de conquistar uma mulher. Havia aí uma armadilha. Jogavam-no nos braços de Yolande. Se isso não desse resultado, pois bem, amanhã, ao raiar do dia, ambos seriam presos.

— Escute-me, Yolande — disse Bridet calmamente. — Você vai me contar exatamente, com todos os detalhes, o que aconteceu.

— Agora? Já? Você não quer se sentar na cama ao meu lado?

— Sim, agora.

— Eu já vou dizer. Você vai ver, é muito simples.

— Não, não. Não me diga nada. Responda às minhas questões. Quando é que Outhenin telefonou?

— Hoje de manhã, às onze horas. Eu não estava. Ele telefonou de novo ao meio-dia. E a sorte quis que dessa vez eu estivesse.

— O que ele disse exatamente?

— Disse que queria muito falar comigo a seu respeito, que eu devia ir até lá imediatamente. Logo pensei que você tinha feito alguma besteira. E peguei o trem.

— E você se encontrou com Outhenin?

— Sim, ele me recebeu muito gentilmente. Um certo Sr. Saussier e um outro senhor a quem não me apresentaram estavam lá também. Eu estava transtornada. E tinha motivos. Eles perceberam. E me reconfortaram, dizendo que, quanto a eles, eles sabiam que você não tinha feito nada, mas que você se metera em um caso espinhoso. Eles me pediram para lhes dizer francamente o que eu sabia sobre suas relações com Basson. E eu lhes disse.

— O que você disse?

— A verdade...

— Qual verdade?

— Eu disse a eles que você só quis obter de Basson um salvo-conduto. Eles me perguntaram se eu sabia o que você queria fazer na África. E eu disse a eles que você queria servir ao Marechal. Eles se puseram a rir tão espontaneamente que eu entendi que eram mais espertos do que você. Ninguém foi simplório de acreditar no seu teatro. E todo mundo já tinha adivinhado que você queria se juntar a De Gaulle. "Que o seu marido seja comunista", disse-me Outhenin, "judeu, gaullista, franco-maçom ou tudo de uma só vez, quanto a isso não podemos fazer nada. Mas diga a ele que não pense que somos imbecis...".

— E o que você respondeu?

— O que você queria que eu respondesse? Eu não podia responder nada. Eu simplesmente repeti que, no que concerne Basson, você ignorava que ele estivesse ligado a De

Gaulle. Eles me perguntaram se você me mantinha a par daquilo que fazia. Eu lhes disse: "Sim". Nesse momento, completei: "Acreditem, Basson é inteligente demais para se abrir a alguém como o meu marido. Vocês mesmo dizem que todo mundo sabia o que meu marido tinha vindo fazer em Vichy. E é um homem assim que Basson teria escolhido como cúmplice!". Eles quiseram saber se eu não tinha notado nada de estranho no seu comportamento. Eu respondi: "Absolutamente nada, meu marido desejava apenas uma coisa: o salvo-conduto".

— Em suma, você lhes disse que eu queria me juntar a De Gaulle.

— Eu não disse isso. Aliás, eles o sabiam. Não posso fazer nada. É você que levam em conta. Eles o sabem tão bem que Outhenin me fez o seguinte comentário: "Nós queríamos mandar expulsar o seu marido de Vichy, mas ele estava engraçado demais...".

— Eles não sabiam absolutamente nada — gritou Bridet — e agora, por sua causa, eles sabem.

— Eu não disse nada.

— Você nem mesmo pareceu surpresa.

— Eu teria parecido uma louca.

— Mas agora eu estou maus lençóis! — gritou Bridet ainda mais alto.

— Tudo está resolvido, na verdade. A prova é que soltaram você. Não havia nada a ser feito senão falar com eles francamente. Sobretudo, era melhor não ter tentado enganá-los. Se me utilizasse de subterfúgios, eles não soltariam nem um nem outro. Os homens conhecem os homens, querido. As palavras não escondem nada. Assim como você sabe o que pensa Saussier, Saussier sabe o que você pensa. O meu jeito de falar os agradou e eles entenderam que você não é perigoso.

Bridet se pôs a andar rapidamente de um lado para o outro. Estava fora de si.

— Agora, então, oficialmente, eu sou gaullista — gritou ele. — Agora, é isso aí. Bem, não vai demorar muito! Você pode falar que fez um belo trabalho, mas era preciso se indignar, Yolande.

— Todo mundo sabia a verdade, eu repito.

— Não sabiam nada... Você pode ficar tranquila que, se alguém soubesse de algo, eles não teriam criado tanto caso.

— Enfim, eu não fui tão desajeitada assim, já que, graças a mim, você está aqui.

— Até amanhã de manhã. Eles virão amanhã de manhã, tenho certeza, ah! Você não os conhece.

— Você está enganado, querido. Você sempre agiu como se as pessoas fossem idiotas. Oras, essas pessoas não são mais bestas do que você. Eles compreenderam quem você era e nem mesmo lhe querem mal. Fossem eles gaullistas, eu estaria menos tranquila por você.

Bridet quase foi tomado pela cólera. Porém subitamente pareceu-lhe que qualquer discussão seria inútil. O que estava feito estava feito. Yolande sentiu que o coração dele amolecia.

— Amanhã — disse ela — vamos juntos fazer uma visita ao Sr. Saussier.

— Uma visita... Ah... ah... você chama isso de fazer uma visita. Nós não vamos nem precisar nos incomodar. Ele, sim, é que vai fazer-nos uma visita.

— Não diga besteiras. Quando a sua raiva passar, você vai entender. Esse Sr. Saussier é um homem muito gentil, você verá.

— Oh! eu o conheço.

Bridet começou a rir. Um aspecto inesperado de sua situação acabara de lhe ser revelado. A chegada de sua mulher conferia-lhe simplesmente a aparência de um imbecil. Tudo se passava como se as opiniões que ele pudesse manifestar, mesmo que um tanto subversivas, fossem inofensivas, como se ele fosse um coitado, gaullista de fato, mas gaullista por bobeira. Bastava sacudi-lo um pouco, causar-lhe um pouco de medo, para botá-lo de volta no bom caminho.

— No fundo, você me faz passar por um cretino — disse ele ainda rindo.

Yolande se aborreceu.

— Como você pode me dizer uma coisa dessas?

— Sim, um pobre de espírito, um demente, que botou na cabeça que era gaullista porque ouviu "Sambre et Meuse"[9] na rádio de Londres.

— Ainda que fosse, o que isso poderia causar a você?

Bridet não respondeu. Estava claro que Yolande não compreendia que um homem pudesse ter um ideal mais elevado do que o de seu miserável entorno.

— Você se dedicou bastante para se passar por um pétainista. Qual é o problema de se passar por um imbecil? A única coisa que importa é sair dessa cilada em que você se meteu.

— Se fosse só isso — disse ele — não seria nada.

— O que você quer dizer?

— Quero dizer que podemos nos julgar felizes, eu e você, se amanhã de manhã não vierem deter nós dois. Acredite-me, não confie naqueles tipos. Eles são boches, ouviu? São mais boches do que os boches.

— Não diga isso, querido. Você não sabe o que eles pensam.

— Eu não sei o que eles pensam, mas sei o que eles fazem. Enfim, não falemos mais disso. O que está feito está feito.

Bridet se aproximou da cama, pegou as mãos de sua mulher e a olhou longamente nos olhos. Era algo de que ela não gostava. Não porque lhe faltasse franqueza, mas por uma espécie de fragilidade física. Quando alguém a olhava assim, ela baixava os olhos e, quando os reabria, era possível sentir seu embaraço ante tal fraqueza.

---

9 Alusão a uma das mais conhecidas canções do repertório militar francês. Composta em 1879, ela evoca o regimento de *Sambre et Meuse*, o mais conhecido daqueles que participaram da Revolução Francesa. [N.T.]

— Ouça-me, Yolande.

— Eu lhe ouço, querido — disse ela, aproveitando estas poucas palavras para desviar os olhos uma vez mais.

— Saussier me pediu para retornar. Ele pediu o mesmo a você. Oras, nós não iremos. Estou certo de que, se eu voltar para vê-lo, ele não vai me deixar mais sair. Eles quiseram ser espertos. Eles me soltaram. E eu vou aproveitar para ser mais esperto do que eles.

— Você não pode fazer isso — disse Yolande.

Bridet continuou sem parecer ter ouvido sua mulher.

— Amanhã de manhã, pegaremos o trem. Nós vamos a Paris e de lá a Lyon. Pelo menos as pessoas são diferentes por lá. E, uma vez lá, darei um jeito de chegar à Inglaterra. Fui idiota, de fato, mas não do jeito que você pensa. Fui idiota de acreditar que essa revolução nacional era um blefe.

— Não fique irritado, querido — disse Yolande, que não gostava que seu marido falasse de si mesmo com tal desenvoltura.

— Em Paris, encontrarei franceses, franceses diferentes, franceses inteligentes. E os boches estão por lá. Haverá ao menos solidariedade entre os franceses.

Bridet notou de repente que até esse instante ele falara muito alto. E foi tomado pelo pavor. Talvez estivessem escutando-o.

— Você tem razão — disse Yolande —, nós vamos embora. Mas não estamos assim com tanta pressa. Sejamos hábeis pelo menos desta vez. Já que eles estão bem acomodados, aproveitemos. Afinal, você ficará mais tranquilo se fizer o que estão pedindo. Eles não desconfiarão mais da gente. E, em seguida, você terá muito mais chances de ter sucesso no que vá fazer.

— Fale mais baixo — disse Bridet.

Yolande olhou seu marido com espanto.

— Você está louco. Não é possível que você ache que até aqui eles o estejam vigiando.

— Estou dizendo para você falar mais baixo.

Eles se calaram por um tempo, depois Yolande disse:

— Nós vamos juntos ver Saussier.

Bridet não respondeu. Estava pensando em outra coisa. Por fim, murmurou:

— Eu entendi, agora. No fundo, me faltou coragem. Eu não quis correr riscos. Quis estar regularizado, ter documentos, uma missão oficial. Foi esse o meu erro. Agora compreendo. Quando queremos realmente fazer algo, não podemos ter medo de nos expor. Sobretudo, não devemos pedir nada a ninguém. Temos de contar apenas com nós mesmos. Eu entendi. Vichy terá me dado uma lição. Então, está entendido, não é mesmo, Yolande? Amanhã, voltamos a Lyon. De lá, vamos a Paris. Uma vez em Paris, posso muito bem encontrar uma maneira de ir para a costa e cruzar até a Inglaterra. Será mais perigoso, mas será mais adequado.

Yolande saiu da cama. E colocou o casaco e a sandália para não andar de pés descalços naquele quarto estranho.

— Eu não posso impedir nada, querido. Mas acho irracional da sua parte ser sempre tão impaciente. Você espera três semanas e no último dia, no momento em que tudo vai se resolver, você age sem pensar? Isso vai levar aonde? Eles vão ficar furiosos. Eles estavam decididos a deixar você tranquilo. Mas vão pensar que está com medo. E dirão a si mesmos: se ele tem medo, é porque é culpado. E vão mandar procurá-lo. Estou avisando, eles vão procurá-lo. Mas, enfim, faça o que quiser, querido.

Yolande fez uma expressão de esgotamento. Seu marido era decididamente incorrigível. Ele era teimoso. E não conseguia ver as vantagens que poderia tirar de uma submissão aparente. Como sempre, estava sendo intransigente e orgulhoso.

— Você ainda vai cair do cavalo, eu estou avisando — disse ela.

12.

Bridet chegou a Lyon à uma hora e vinte. A viagem parecera-lhe interminável. Em todas as paradas, ficou temendo que policiais avisados por telefone subissem no trem e, a cada vez que o trem partira de novo, experimentara um imenso alívio.

De manhã, a partida ocorrera da maneira mais normal do mundo. Apesar de suas previsões, ninguém viera buscá-lo. Yolande não tentara retê-lo uma última vez. Ela até mesmo lhe fizera algumas recomendações. Por fim, como ele lhe implorara que o acompanhasse, ela respondeu que não queria conduzir-se de forma grosseira com pessoas que haviam sido tão gentis. "Eles vão retê-la para me obrigar a voltar", observara Bridet. "Você não sabe o que diz", foi a resposta de Yolande. Eles então decidiram que, feita a "indispensável" visita, ela tomaria o trem das cinco e chegaria a Lyon à noite. Seu marido não precisava, portanto, inquietar-se, uma vez que a reveria ainda naquele dia.

Bridet passou a tarde dedicado a encontrar um meio de cruzar a linha de demarcação, sem que isso o impedisse de pensar em Yolande. "O que é então que eles têm entre si?", perguntava-se a cada instante. Às vezes, sentia a raiva invadi-lo. Mas acabava sempre se enternecendo ao pensar que, no fundo, se sua mulher se expunha assim, era por amor.

À medida que passavam as horas, sua ansiedade crescia. O que faria se Yolande, apesar da promessa, não chegasse no trem da noite? Ele só poderia concluir que ela fora detida. E encontrar-se-ia na obrigação de retornar a Vichy. E de novo a raiva o invadia. Ele previra. E advertira Yolande. Por que é que ela não o escutara?

Havia bastante tempo que Bridet sabia que um leiteiro, cuja loja se encontrava em uma ruazinha atrás do mercado dos jacobinos, conduzia-se todas as manhãs com uma camionete até as proximidades da linha de demarcação, levando com ele quatro, cinco ou seis pessoas desejosas de passar clandestinamente para a zona ocupada. Tratava-se de um patriota. Em certos círculos, achavam-no admirável. Sua conduta mostrava que ainda existiam franceses aos quais não faltava coragem.

Bridet preferiria ter sido apresentado ao tal leiteiro, mas tinha tanta pressa em sair de Lyon que desistiu de procurar um intermediário. Por volta das cinco horas, decidiu ir sozinho até lá. Ele saberia inspirar confiança, mostrar-se simpático. Se havia alguém que não parecia ser da polícia, esse alguém era ele.

A porta de ferro estava semiabaixada. Mesmo que o armistício datasse apenas de quatro meses, o comércio alimentício estava submetido a tantas regras que serviam tão visivelmente aos interesses alemães que os comerciantes, como meio de obstrução, fechavam seus estabelecimentos sob os pretextos mais extravagantes. As autoridades ainda não haviam exigido que, mesmo vazias, as lojas permanecessem abertas.

Bridet foi acometido por uma hesitação. Como iriam recebê-lo? Quando ele falasse da linha de demarcação, o leiteiro talvez fizesse uma cara de incompreensão. "Não importa, pelo menos tenho que tentar", murmurou. Ele se curvou para passar por debaixo da porta de ferro. Na loja escura, não havia ninguém. Ele chamou. Uma mulher apareceu. Bridet preparava-se para entrar em longas explicações para deixá-la adivinhar o que ele desejava quando ela disse: "Aguarde um instante, meu marido já vai descer". De fato, pouco depois, um homem gordo apareceu. "O senhor quer ir amanhã de manhã?", perguntou imediatamente. "Sim", respondeu Bridet, espantado que seu interlocutor tomasse tão poucas precauções. "Perfeito, tenho justamente um lugar sobrando." "Mas é que nós somos dois!" "Ah, isso é um problema." "Vocês se apertarão", disse a patroa. O leiteiro hesitou, depois aceitou finalmente. "O encontro é aqui, às sete horas."

Os dois homens apertaram-se as mãos. Bridet estava contente. Tudo se arranjara, e ele não precisava fazer mais nada. Assim mesmo, estava, no fundo, um pouco decepcionado. Não porque tivesse pago 800 francos por Yolande e por ele, nem porque teria de dar uma soma similar no dia seguinte aos atravessadores. A verdadeira causa de sua decepção era que esse acordo clandestino tivesse tido, acima de tudo, um ar de negócio comercial. Teria sido tão mais reconfortante, tão mais nobre, que esse leiteiro fosse o patriota que se dizia, que ele só aceitasse dinheiro na medida em que precisasse, que sua ação fosse uma manifestação espontânea e desinteressada de resistência e que não se sentisse que ele tirava um proveito pessoal da situação infeliz de seus compatriotas.

* * *

Às oito horas, Bridet encaminhou-se à estação de Perrache. Ele tinha tanto medo de que, saído o último viajante, ele se encontrasse sozinho, que Yolande não estivesse no trem, que se maldisse por ter marcado um encontro tão preciso. Não teria sido melhor se ela se juntasse a ele somente quando chegasse ao hotel? Já havia algumas centenas de pessoas amontoadas nas saídas norte e sul. Bridet temia outra coisa agora, que Yolande não estivesse sozinha, que inspetores a tivessem acompanhado desde Vichy, sabendo que ela iria encontrar seu marido.

Logo apareceram os primeiros viajantes. De repente, ele soltou um grito de alegria. Yolande estava entre eles, sorridente, só. Não havia dúvidas, ela estava só. Atrás dela, os viajantes haviam parado, abraçavam parentes, partiam em outras direções.

— Veja só — disse ela com uma expressão triunfante — não fizeram nada comigo.

— Sim, sim, estou vendo — disse Bridet, pegando-a pelos braços com ternura, quase na altura das axilas.

— Eles disseram algo? — indagou ele alguns minutos mais tarde.

— Nada. Eu bem o sabia. Eles teriam ficado felizes em ver-nos juntos, só isso.

— E Saussier, fez alguma observação? Ele não achou estranho eu não ter ido?

— Não. Ele disse simplesmente que era de se lamentar.

— Ah, ele disse que era de se lamentar — disse Bridet com inquietude.

— Nós logo falamos de outras coisas.

— Mas por que eles me queriam lá? Vocês falaram sobre o quê?

— Ele me perguntou onde você estava e quando eu iria vê-lo de novo. Eu disse que nós íamos nos encontrar hoje à noite.

— Você falou isso para ele?

— Naturalmente. Não há nada mais desajeitado do que dizer a verdade apenas pela metade. Ou a gente mente, ou diz a verdade. Eles só vão nos deixar tranquilos se formos francos com eles. Então, eu não tinha nenhuma razão para esconder que nós decidimos voltar para Paris e retomar uma vida normal.

— Você disse a eles que nós íamos para Paris?

— Sim, perfeitamente, e para seu bem. Outhenin me aprovou. Ele achou que era mesmo o melhor a fazer. Contudo, seria preferível que você tivesse vindo comigo.

— Por quê?

— Para dizer você mesmo todas essas coisas. Teria sido mais sério. Embora eles tenham sido bastante gentis, eu pude sentir que, no fundo, eles estavam um pouco incomodados.

— Com o quê?

— Com nada. Eu tive essa impressão. Mas o que você queria? Quando um homem envia sua mulher em seu lugar isso sempre causa má impressão.

— Eu não a enviei. Pelo contrário, eu não queria que você fosse.

— Você sabe muito que isso não era possível. São eles os mestres, são eles quem têm o poder. Não sabemos quanto essa história vai durar. Pode durar dez anos.

— Pelo menos você não falou sobre Inglaterra, eu espero.

— Não havia motivo para isso.

— Você falou, aposto.

— Você está louco.

Bridet refletiu por um instante. Certamente, Yolande não falara sobre a Inglaterra. Ele tinha, no entanto, a impressão de que ela estava na mão dessa gente, muito mais do que ela dizia, que entre ela e eles circulava uma imagem bastante bizarra a seu respeito. Ele era um "fraco". E nenhum mal lhe seria feito. Melhor ainda, iriam impedi-lo de fazer mal a si mesmo juntando-se, por exemplo, ao general De Gaulle.

Mudando bruscamente de tom, Bridet disse:

— Enfim, tudo isso está terminado, não falemos mais a respeito. Fiz um bom trabalho esta tarde. Amanhã de manhã, às sete horas, pegamos a caminhonete do leiteiro até a linha de demarcação. Quando a tivermos cruzado e estivermos com os boches, ah, é triste dizer, mas poderemos respirar.

Yolande pareceu espantada.

— O que você quer dizer?

— Nós vamos passar a linha de demarcação em Verdun-sur-le-Doubs.

— É preciso primeiro pedir o seu *Ausweis*.

Bridet pôs-se a gritar.

— *Ein Ausweis*?! De jeito nenhum. De jeito nenhum. Você acha que eu vou pedir um *Ausweis*? Ah, isso não. É melhor ficar por aqui.

— Mas, querido, a *Kommandantur*[10] vai dá-lo rapidinho para você.

— Estou me lixando para a *Kommandantur*. Nós só temos de passar e pronto. Ninguém sabe, ninguém viu. Você entende, eu não quero mais precisar tratar nem com os boches nem com Vichy. Estou cheio disso tudo.

— Está bem — disse Yolande, resignando-se por diplomacia.

Pouco depois, contudo, ela completou que não queria correr o risco de passar três semanas na prisão, ser reprimida e ficar marcada.

— Você quer então ir falar com os boches e chorar por um *Ausweis*? — perguntou Bridet.

Ela respondeu que ele sempre exagerava e que, com esse espírito, acabaria tendo incômodos. De sua parte, ela já tinha seu *Ausweis*. E a *Kommandantur* não impusera nenhuma dificuldade. Ele só precisava fazer como ela. Ela contou até mesmo uma história do elevador do Carlton. Ela estivera ali com um boche de alta patente que imediatamente descobrira a cabeça e, mesmo indo ao segundo e ela ao terceiro, subira com ela até o terceiro. Ele abrira para ela as duas portas do elevador, fizera-lhe uma saudação e de-

---

10 Termo alemão próximo a "Comando Militar" em português. Designa tanto uma seção do exército nazista quanto sua sede. [N.T.]

pois descera a pé para o andar de baixo. "Você pode falar o que quiser, mas um oficial francês não agiria assim com uma mulher que ele não conhece."

— Felizmente! Os franceses não são nem ridículos nem obsequiosos. Quanto a mim, minha cara Yolande, eu prefiro arriscar ser preso na linha de demarcação do que pegar o elevador do Carlton. É uma questão de caráter.

À noite, no quarto, eles cessaram de falar de suas divergências. Cada um agiria como bem entendesse. Depois de sete anos casados, cônjuges inteligentes acabam respeitando as vontades recíprocas, sem que por isso precisem parar de se amar. Bridet, já que fazia questão, partiria de caminhonete. Quanto a Yolande, daqui a alguns dias ela pegaria o trem da noite, o expresso de Paris, como era chamado, apesar de permanecer imobilizado por horas em Moulins devido a formalidades. Ela disse ao marido para tomar conta do apartamento e também que buscasse os objetos de valor que ela havia deixado armazenados na casa de amigos. Havia a história do baú que se encontrava na casa de uma tia. Havia também um quadro pintado com efeito de neve, que um pintor do Franco-Condado lhes presenteara: Zing, que, a esta altura, devia ter adquirido um valor formidável. Ela lhe pediu também para passar, no dia mesmo em que chegasse, na *rue* Saint-Florentin. "É nisso que nós mais acertamos em voltar, porque, você sabe, querido, os boches marcam como suspeitos os apartamentos daqueles que não voltam."

Yolande lhe falava tão frequentemente de seus baús, de seus objetos de valor, de seu enxoval, que Bridet não prestara nenhuma atenção a suas recomendações. Mas quando ela tirou da bolsa o molho de dezoito chaves que, a despeito do peso, ela carregava desde que saíra de Paris, ele se enervou de repente.

— Ah, isso não! — gritou ele.
— Qual o problema?
— Se você acha que eu vou morar no apartamento, você está enganada. Isso seria, aliás, loucura da minha parte...

Yolande pareceu profundamente surpresa.

— Eu não entendo — disse ela.

— Eu não faço nenhuma questão de que possam me encontrar.

— Mas você não tem absolutamente nada a temer, querido. Ninguém quer o seu mal.

— Eles dizem isso, eu sei. Mas eu prefiro tomar minhas precauções. E não vou voltar para casa. Não há nada que possa ser feito.

— E para onde você quer ir?

— Eu vou para casa do seu irmão.

— Ah, você escolhe bem! Dir-se-ia que você está tentando agravar o seu caso. É uma mania sua. Enfim, você sabe quem é o Robert, eu me pergunto até mesmo se ele já não está na prisão. Ele é capaz de ter colocado uma bomba...

— Você quer o quê? Eu vou aonde há quem simpatize comigo, aonde pensam como eu.

Yolande acendeu um cigarro. De repente, ela retomou:

— Eu vou falar só uma coisa, e você não vai ficar bravo. Você é grotesco, absolutamente grotesco. Você é como todas essas pessoas que pensam que serão detidas porque os boches estão aqui. Elas não fizeram nada e, mesmo assim, colocam-se contra a parede. Querem se tornar interessantes. Ninguém ouviu falar delas, ninguém se importa com elas, mas elas se escondem, fazem todo tipo de afetação. Um homem inteligente como você cair nesse embuste é mesmo uma infelicidade. E o mais hilário é que elas acabam sendo presas de verdade.

13.

No dia seguinte, Bridet chegou às dez horas na linha de demarcação. E constatou que, mais do que ele, era o atravessador quem pertencia àquela categoria de pessoas a que Yolande aludira na véspera. Esse atravessador se revestia de tanto mistério que alguém poderia dizer que ele estava prestes a enfrentar os maiores perigos que já existiram. Esperou-se a noite. Ele reuniu todos na parte de trás do café. Durante todo o dia, Bridet escutara dizer que os boches eram muito mais severos com aqueles que passavam da zona não ocupada para a zona ocupada do que com os outros. A zona não ocupada era um depósito de lixo. Todos o sabiam. Era natural que eles não deixassem ninguém sair de lá. Era, portanto, sempre por causa desses judeus e dos comunistas que as pessoas honestas padeciam.

Mulheres, crianças e velhos sentavam-se em torno das mesas vazias em que não se consumia nada. Somente uma lâmpada estava acesa. Bridet estava ressentido com o leiteiro por tê-lo conduzido até lá. Começava a ficar inquieto, não por causa do eventual perigo, mas por causa da guinada familiar da expedição. Ele chamou o atravessador à parte. E lhe perguntou se não havia um meio de cruzar sozinho a linha de demarcação. O atravessador respondeu em voz alta, de maneira a ser escutado por todo mundo, que se ele não estava mais com coragem era melhor que voltasse a Lyon. Grupos familiares, em poses de aristocratas encarcerados, lançaram a Bridet um olhar de quem vê surgirem complicações novas em momentos de perigo.

Um velho aproximou-se dele: "Senhor, nós estamos todos aqui na mesma situação. Você não vai, espero eu, tornar a tarefa deste bravo homem mais difícil". Uma criança, sentindo que as coisas não estavam indo bem, pôs-se a chorar. Bridet voltou a sentar-se. E foi tomado pelo medo. Todas aquelas bravas pessoas seriam apanhadas sem nem mesmo terem tentado fugir. E seriam, aliás, soltas rapidinho. Os alemães sabiam bem com quem estavam lidando. Quanto a ele, ele seria pego sem sombra de dúvida. Para onde ir? O que fazer? Ele não conhecia a região e nem mesmo havia lua. Agora que se metera naquele vespeiro, era preciso ficar.

Aguardava-se toda a espécie de condições favoráveis, que o turno das sentinelas acabasse, que um outro atravessador chegasse ao encontro deles. No final, Bridet não estava mais aguentando. Quis sair, ficar sozinho. E se dirigiu até a porta. Houve um grande bafafá entre os presentes. Bridet ia pôr tudo a perder. Era vergonhoso. O atravessador o pegou pelo braço e ordenou que ele não saísse, gritando que era ele quem mandava. Bridet voltou para o seu lugar. E ouviu mulheres dizendo que era muito triste que um homem jovem pudesse ter medo a esse ponto, que não lhes surpreendia mais que essa pobre França houvesse chegado a esse ponto.

* * *

Quando Bridet se viu na zona ocupada, por mais estranho que possa parecer, experimentou um profundo alívio. Na cafeteria da pequena estação em que aguardava o trem para Paris, embora tão semelhante àquela onde passara horas do outro lado da linha de demarcação, ele se sentiu invadir pela ternura do exilado que enfim reencontra seus compatriotas. Estava orgulhoso de trocar palavras insignificantes com a moça do caixa, com os funcionários da estação e os viajantes. Estava falando com franceses que compartilhavam de seu destino. E até mesmo lhes escondia de forma pueril que estava vindo da zona livre, tão vergonhoso lhe parecia ter sido poupado dos sofrimentos comuns.

Na manhã do dia seguinte, ele chegou a Paris. As ruas estavam vazias. Decidiu ir a pé até a casa de Robert. Devido à falta de meios de locomoção, uma enorme multidão apressava-se em direção a alguns acessos de metrô. Algumas ruas estavam atulhadas de pedestres, enquanto outras, apesar de próximas, estavam desertas. Essa obrigação em que todos se encontravam de fazer a mesma coisa dava já uma primeira ideia da ocupação. Mas o que chocou Bridet ainda mais foi ver, em quase todos os muros, inumeráveis inscrições, desenhos, grafites de todos os tipos através dos quais se revelava o espírito contestatório dos parisienses. Uma grande tristeza se desprendia daqueles inofensivos "morte aos boches". Sentia-se que era a única liberdade que não pudera ser arrancada aos parisienses e que eles se utilizavam dela para ao menos fazer alguma coisa.

Bridet dissera à sua mulher que não iria à loja. Todavia, fez um desvio para passar pela *rue* Saint-Florentin. E viu a pequena butique com o portão de ferro abaixado e sobre o qual, em tão pouco tempo, assim como em tantas outras, uma espessa camada de poeira colorida pela ferrugem se depositara. Ele estacou por alguns instantes. As outras lojas estavam igualmente fechadas. Elas também seriam reabertas em pouco tempo como a de Yolande?

* * *

Bridet chegou enfim à casa de Robert. E logo perguntou se ele não conhecia ninguém em seu círculo que possuísse uma propriedade no litoral da Mancha. E lhe pôs a par do projeto. Queria cruzar o mais rápido possível para a Inglaterra. Falou em seguida sobre Vichy, dos incômodos pelos quais passara. "Isso não me surpreende", observou Robert. Como ele não respondia à primeira questão, Bridet voltou à carga. Robert pareceu incomodado. Disse, enfim, que não se lembrava de ter amigos que morassem na costa.

Bridet ficou profundamente espantado com a atitude do cunhado. Ele guardara deste a recordação de um desses homens direitos, independentes, um pouco invejosos, de quem se diz que são demasiado honestos para dar certo. Parecera-lhe que um homem que, antes da guerra, encontrava atrás de todos os atos da maioria de seus semelhantes uma necessidade intolerável de autoridade, que tivera por Hitler uma espécie de ódio particular, teria condenado a si mesmo a uma reclusão completa antes de se associar a um alemão. Não era nada disso. Passada uma hora, se tanto, de sua chegada, Bridet compreendeu que seu cunhado, longe de voltar todas as forças contra o ocupante, vira nessa presença, pelo contrário, um meio de vingar-se de seus compatriotas e de assumir o lugar que lhe cabia, acreditava ele, há muito tempo.

Bridet passou o dia seguinte a rever seus amigos. A recepção que lhe foi destinada o decepcionou. Ele constatou que os laços de amizade tem de ser muito fortes para resistir a uma desgraça nacional. Ele acreditara que tamanho infortúnio teria feito com que todos pensassem e sentissem de maneira semelhante. Mas, a cada visita que fizera, tivera a surpresa de encontrar-se em presença de um homem que parecia ser vítima de uma desgraça particular e, quando tentara atenuar a dor de seu interlocutor ao dizer que sofria tanto quanto ele, esse homem o escutara distraidamente, sem tirar o menor alívio desse compartilhamento do sofrimento.

À tarde, contudo, ele reviu um de seus antigos colegas do *Le Journal*, que pareceu se alegrar com a ideia de tentar a aventura, e se ofereceu até mesmo a partir com ele. Ele se ocuparia seriamente do assunto, colocaria todos os trunfos em jogo etc... Ah! como ficaria feliz quando não precisasse mais ver os boches.

Apesar das decepções que experimentara ao longo do dia, Bridet foi dormir cheio de esperança. Porém, no dia seguinte, quando reviu seu camarada, encontrara-o mais frio. O projeto deles era irrealizável. O litoral estava sendo vigiado pelas lanchas boches. Eles certamente seriam pegos. Essa desistência tão veloz deixou Bridet muito abalado. Na verdade, então, ninguém queria fazer nada! Ele voltou com uma violenta enxaqueca. Decididamente, quando se olhava as coisas a fundo, a zona ocupada não era nada diferente da outra. De ambos os lados se tinha medo e só se pensava em si. Era Yolande quem tinha razão, definitivamente. As pessoas estavam como que anestesiadas. A derrota fora tão brutal que eles ainda não haviam recobrado os sentidos. Dir-se-ia que eram gratos, não se sabe a quem, por ainda estarem vivos. A única vantagem, era preciso dizer, era que ele se sentia mais seguro do que em Vichy. Ninguém o vigiava. Era visível que a polícia francesa não tinha nenhum poder real, que ela apenas obedecia aos alemães e, como a principal preocupação destes últimos era em linha geral manter a ordem, um francês que não era judeu nem comunista, que não se fazia notar, podia acreditar-se seguro.

* * *

No quarto dia, Bridet começou a ficar inquieto ao ver que Yolande não chegava. O que acontecera? Ela dissera que estaria em Paris antes dele. Ele pensou em passar no apartamento da *rue* Demours. Talvez ela já tivesse voltado. Ela estava sendo fria porque ele preferira morar com Robert. Não obstante, era-lhe tão penoso retornar ao tão familiar bairro de Ternes que ele preferiu esperar um pouco mais. Evidentemente, ele se dava conta disso agora, sua sensibilidade era motivo de riso. Ele não parecia compreender que os alemães, como dizia Yolande, estariam lá por dez anos e que, frente a tal estado de coisas, sua atitude era tão ridícula quanto é para uma cozinheira aquela da patroa que não quer ver um frango ser degolado.

No dia seguinte, ele recebeu, enfim, notícias de sua mulher. Ela viera até a casa de Robert, mas não o encontrara. Deixara o recado de que voltaria por volta das cinco. Quando a reviu, atarefada, feliz de ter retomado seus principais hábitos do pré-guerra, apesar da raiva que ele tinha de sua falta de consciência em relação à desgraça da França, não pôde deixar de ficar profundamente feliz. Ela estava muito agitada e só não viera mais cedo porque quisera primeiro ajeitar as coisas. Mandara limpar todo o apartamento e abrir a loja. Nada fora roubado. Ela tinha ido três vezes ao banco. À tarde, fora buscar o "efeito de neve" de Zing. Ela falava de tudo isso com uma loquacidade extraordinária, como se nada mais existisse, como se, no que lhe dizia respeito, a guerra estivesse acabada. "Nós nos livramos dessa, querido." Só faltava o baú. Este estava em segurança, mas Yolande hesitava em mandar transportá-lo. Tinha medo de que, no caminho, interrogassem os caminhoneiros. E acreditava que era melhor transportar o conteúdo em várias vezes.

Depois, quando esgotou esse assunto e ficou mais calma, perguntou ao marido se ele tinha feito boa viagem. Bruscamente, comentou que nada mais o impedia de voltar para casa. E falou, em seguida, de sua despedida de Lyon. Todos haviam sido perfeitos. Amigos a tinham acompanhado até a estação. Ela conseguira até mesmo um leito. Na linha de demarcação, mal olharam seu *Ausweis*. E o trem permanecera imóvel por três horas apenas.

Como Bridet não havia respondido ao convite de voltar ao apartamento, ela o fez de novo. Bridet observou que talvez fosse perigoso. "Você é uma criança", ela disse. Não havia nada a temer em uma cidade como Paris. A polícia tinha mais a fazer do que ficar indo atrás dele. Tinham-lhe dito e redito isso.

— Quem? — perguntou Bridet.

— Amigos.

— Amigos em quem eu confio?

— Depois que você foi embora, encontrei, por puro acaso, Outhenin. Ele me afirmou que seu caso tinha sido definitivamente arquivado. Ah, a propósito, eu esqueci de lhe dar uma notícia sensacional. Basson se safou. Como, eu não faço ideia, mas ele se safou. Foi Outhenin quem me disse. Ele estava com uma cara engraçada.

— Oh! Isso é maravilhoso! — exclamou Bridet. — Basson é mesmo uma figura formidável. Se você o tivesse visto enquanto estava sendo interrogado, aquela frieza, aquele desprezo... Eles ficaram estupefatos, esses vichystas. Estavam todos de nariz empinado, mas a toda hora ele os colocava em seus devidos lugares. Ele é mesmo uma figura, você sabe...

Yolande abriu um sorriso cético.

— Não exagere, querido. Se ele pôde se safar, foi porque o quiseram.

— Você está louca!

— Se eles fizessem questão de mantê-lo detido, seu caro amigo Basson não teria feito melhor do que os outros. Deixaram que ele saísse.

Apesar de toda a afeição que sentia por sua mulher, Bridet não pôde impedir-se de olhá-la com uma espécie de pena e desprezo. Mas logo se arrependeu. Para mudar de assunto, aproveitou-se do pedido que ela fizera para que voltasse ao apartamento e disse:

— Você sabe bem, querida, que seria imprudente. Ainda mais agora que Basson escapuliu. Vão pensar que eu sei onde ele está.

— Como você me cansa! Vou repetir uma vez mais que você está completamente alucinado, que o seu caso está regularizado, arquivado, enterrado. Acho completamente ridículo vivermos separados por causa de um perigo inexistente. Mas, afinal, você talvez tenha uma razão que não está me dizendo — concluiu ela com um sorriso maroto.

— Oh! Não tem nada disso, querida. Isso não, você está se perdendo...

Essa discussão durou ainda mais uns dez minutos. Finalmente, Bridet se rendeu aos argumentos de sua mulher. Já que ia embora, pois seguramente ele encontraria um meio de ir à Inglaterra, não era preciso magoá-la. Ela o amava. E uma vez na Inglaterra, quando ele a reveria? Mas ele já ia avisando que poderia ser levado a deixá-la subitamente, sem nem mesmo ter tempo de se despedir. "Aqui, em Paris, não é como em Lyon", acrescentou ele sem grande convicção. Ele só encontrava pessoas inteligentes e corajosas. E se sentia apoiado. Certamente, não ia demorar. Aliás, ela tinha razão. Ele não deveria nunca ter ido a Vichy. Deveria ter vindo diretamente a Paris, como ela desejava. Ele já estaria na Inglaterra.

Ela o beijou.

— Você pode confiar em mim — disse ela. — Você sabe que eu sempre lhe dei bons conselhos.

Eles retornaram à *rue* Demours. Bridet estava tão emocionado com o bairro onde passara tantos anos, que conhecera tão cheio de vida, que, para não o ver no estado em que se encontrava, deu o braço a Yolande ao sair do metrô e fechou os olhos. Ela disse: "Você é um frangote! É preciso encarar a vida de frente". "Melhor não", disse ele. "Você ainda é o mesmo, querido."

Uma vez no imóvel, Bridet pensou que experimentaria um alívio, que estaria terminado, que, com um esforço de imaginação, ele poderia acreditar que nada ocorrera, que não havia alemães em Paris. Porém, quando ele avistou a zeladora, compreendeu que estava criando novas ilusões para si mesmo. Ela lhe disse bom dia sem que a menor alegria por revê-lo aparecesse em seu rosto, como que dispensada, ela também, de qualquer amabilidade graças a uma desgraça que acontecera somente com ela.

    Yolande passou a noite a desdobrar e redobrar lenços. Bridet ficou olhando-a, sem conseguir encontrar o menor interesse em tal ocupação. Uma vez que lhe era tão indiferente estar em casa, por que voltara? Ele perguntou a Yolande. "Não comece", ela respondeu. "Você não acha que teria sido melhor que ninguém soubesse onde eu estou?" "Ouça-me, querido. Se você estivesse correndo o menor risco, você acha que eu teria sido boba o suficiente para ter ido buscá-lo?"

14.

Na manhã do dia seguinte, por volta das sete horas, a campainha da porta de entrada soou. Bridet pensou que fosse a do apartamento contíguo. De fato, era frequente, quando se estava conversando, quando um automóvel passava na rua no mesmo momento, que se confundissem as duas campainhas.

— Você acha que foi aqui que tocaram? — perguntou Bridet, que acabara de começar a se arrumar.

Ainda deitada, Yolande respondeu:

— Eu não ouvi nada.

Naquele momento, a campainha soou de novo, dessa vez por um tempo bem maior.

— Vá abrir — disse Bridet, apavorado.

Yolande se levantou.

— É o Robert, que veio por causa do baú — disse enquanto vestia o penhoar. — Ele é um tanto matinal.

Bridet entreabriu pouco depois a porta do banheiro. E avistou dois homens falando com Yolande na antessala. Eles mostravam a ela um papel.

— Ele não está — disse Yolande.

— A zeladora acabou de nos informar que ele voltou ontem à noite — disse um dos dois homens.

Por um instante, Bridet pensou em fugir, mas estava apenas de pijama e com um par de pantufas. Mais tarde, ele se perguntou por que raios não fora embora assim mesmo. Mas é extraordinário como é preciso pouco para nos imobilizar quando nos pegam desprevenidos. Para entender que nossa vida está em perigo, é necessário bastante tempo e, só mais tarde, quando já nos perdemos por completo, lembramo-nos com um arrependimento amargo da oportunidade que deixamos escapar. Era tão fácil fugir, mas não o fizemos. Porque estávamos de pantufas, deixamos que nos pegassem. E agora que percorremos a França de pés descalços, é tarde demais.

A voz de Yolande estava tão firme que ele teve ainda a esperança de que os desconhecidos se retirassem. Ele encostou sutilmente a porta e esperou. Palavras indistintas vinham até ele. Por um momento, pensou em vestir-se depressa, mas depois ponderou que se ia tratar mesmo com policiais isso não lhe serviria de nada. De repente, ouviu Yolande chamá-lo. Então ela havia dito que estava lá. Então ela não pudera fazer de outro modo. Ele pegou uma toalha de banho para ajudar a esconder seu embaraço e abriu a porta.

— Veja só o que trouxeram para você — disse Yolande estendendo a ele um papel.

Ele leu em uma grande folha, impressa em letras cursivas, o que conferia ao cabeçalho a aparência de ter sido escrito por uma mão que não tremia:

MINISTÉRIO DO INTERIOR

GABINETE DO MINISTRO

Mais abaixo, batido à máquina com a nitidez de um exemplar único: "Nós, Ministério do Interior, decidimos que o Sr. Joseph Bridet, jornalista, domiciliado na *rue* Demours, será conduzido à casa de detenção *la Santé*, Bulevar Arago e lá ficará detido".

A assinatura encontrava-se abaixo, sem carimbo de autenticação, pois era a assinatura do próprio ministro.

— O quê?! — vociferou Bridet, tentando instantaneamente simular indignação.

O que acabara de acontecer era tão inconcebível, Yolande se enganara de forma tão estrondosa, era tão evidente que estava errada, que Bridet, apesar da raiva, não lhe fez nenhuma censura. Contentou-se em olhá-la longa e fixamente. Ela estava com vontade de chorar, mas seu amor próprio de mulher a conteve. Seus nervos, no entanto, estavam abalados, pois, na superfície da pele, era às vezes possível notar por alguns segundos um franzimento similar a rugas de velhice.

Subitamente, ela se encolerizou. Ela não conseguia reconhecer os próprios enganos. E não se lamentava por ter, de certa forma, entregado seu marido. Ela não se afligia em remorsos. A evidência de sua inépcia não a fazia voltar-se contra si mesma, mas contra os dois policiais. Ela se pôs a injuriá-los. Eles não tinham vergonha de executar tal ofício, eles, dois franceses! Mas eles ainda acertariam as contas com ela. Ela tinha relações. E saberia em um instante, antes do meio-dia, se eles não estavam ultrapassando suas prerrogativas. Ia falar com o chefe deles. E haveria sanções. Ainda que eles lhe exibissem um papel assinado pelo ministro, nem por isso ela deixaria de estar persuadida de que aquele papel era falso. Nós ainda não tínhamos voltado à época das *lettres de cachet*[11]. Havia ali uma manobra para desacreditar o governo. Mas ela ia tirar isso a limpo. Ela

---

11 Cartas que, na época do Antigo Regime, transmitiam uma ordem do rei. Elas permitiam o encarceramento sem julgamento, o exílio ou o internamento de pessoas consideradas indesejáveis pelo Estado. [N.T.]

iria falar com esse ministro. Se isso ainda não fosse suficiente, ela se dirigiria aos alemães. Sim, ela se dirigiria ao general Stülpnagel[12]. E lhe contaria o ocorrido. E ela não tinha dúvidas da atenção que seria dispensada a esse caso.

De início, os inspetores mantiveram-se impassíveis. Eles tentaram, em um tom amistoso, acalmar Yolande. Ela estava errada em zangar-se. Tratava-se apenas de uma simples formalidade. Todas as vezes em que eles haviam sido encarregados de uma missão similar, as coisas se arranjaram tranquilamente em seguida. O mais sábio era facilitar a tarefa deles.

Porém, quando Yolande ameaçou fazer intervir o general alemão, um incidente inacreditável se produziu. Bruscamente, como se eles tivessem ouvido uma palavra que verdadeiros franceses como eles não podiam tolerar da boca de uma compatriota, os dois inspetores enrubesceram de raiva. A Sra. Bridet devia tomar cuidado com o que falava. Devia "medir" as palavras, do contrário eles seriam obrigados a prestar queixa. Havia palavras que uma francesa não tinha o direito de pronunciar. Era uma injúria a todos os que, em meio à desgraça, esforçavam-se para salvar o que ainda podia ser salvo.

Bridet se vestira. Ele só tinha um pensamento: fugir, e, para escondê-lo, assumira um ar dócil e resignado. No ponto mais alto da discussão, fingiu estar procurando alguma coisa. E abriu uma porta. Porém, no momento em que estava passando ao cômodo vizinho, um dos inspetores — que tinha traços bastante delicados, mas aparência de malvado —, esquecendo-se por um instante de que estava dando uma lição de patriotismo à dona da casa, perguntou-lhe: "Aonde o senhor vai?". Bridet respondeu que estava procurando dinheiro. "O senhor não precisa de dinheiro." Bridet

---

12 Carl-Heinrich von Stülpnagel (1886–1944), general alemão que chefiou a Comissão do Armistício com a França até dezembro de 1940. Em 1944 liderou uma conspiração para assassinar Hitler, conhecida como Operação Valquíria. [N.E.]

se curvou como que assentindo. "Vamos, venha", disse o outro inspetor, o irritadiço, o menos malvado dos dois.

Ao deixar o apartamento, Bridet olhou de novo sua mulher como o fizera há pouco. Veja só aonde a admiração pelos elegantes vichystas a levara. Talvez eles nunca tivessem pensado nele. Fora Yolande, com toda aquela tagarelice, quem os pusera, pouco a pouco, em movimento. Mas ela não pareceu compreender o sentido daquele olhar. E lançou-se em seu pescoço, gritando com voz estridente: "Não diga nada, meu amor, deixe que eles façam. Esta noite, você estará livre e eles terão de pedir-lhe desculpas".

À medida que desciam, a escada ficava mais escura. Bridet avançava na dianteira. A ideia de sair disparado, de saltar os degraus de quatro em quatro, passou-lhe pela mente. Examinando os policiais, calculara ser mais rápido na corrida do que eles. Porém eles deviam estar armados. E atirariam. E não haveria um terceiro embaixo?

Tais reflexões impediram Bridet de agir. E quando, no térreo, percebeu que não havia ninguém, morreu de raiva de si mesmo. O zelador, suspeitando de algo, fingia varrer a entrada. Bridet, que nunca havia falado com ele, apertou-lhe a mão.

— O senhor está indo? — perguntou o zelador com uma voz triste que deixava escapar um interesse vindo do fundo.

Bridet não respondeu. Ele acabara de avistar um carro parado um pouco mais adiante. Era um velho carrinho de dois lugares cujo para-brisa estava quebrado. As administrações não tinham mais à disposição o belo material de antes da guerra, que estava reservado aos alemães. E o modesto trabalho cotidiano era feito com aquilo que se tinha às mãos.

No momento de entrar no carro, outra vez faltou pouco para que Bridet fugisse. Se, enquanto os inspetores davam a volta no carro, o acaso houvesse querido que eles estivessem de um lado e ele do outro, Bridet não teria hesitado. Mas essa eventualidade não se produziu e, mesmo tendo se arrastado pelo maior tempo possível, ele precisou se sentar, por fim, entre os dois.

No Simca, com o braço de um inspetor passando por trás de seu pescoço, não para impedi-lo de fugir, mas por comodidade, Bridet refletia sobre o que acabara de acontecer. Fora Yolande quem fizera total questão de que ele regressasse ao domicílio conjugal. Subitamente, uma suspeita assustadora veio-lhe à mente. Era extraordinária, a coincidência. Bem no dia seguinte daquele em que ela o viera buscar, dois policiais apareciam em sua casa. Era de se pensar que Yolande tinha algo a ver com isso. Não, não podia ser. Se existia um responsável, era ele mesmo. Não se deve nunca culpar os outros quando algo de ruim acontece, e sim a nós mesmos. "Era só eu ter feito aquilo que decidira", murmurou Bridet. Porém, como poderia ele ter suspeitado daquilo que ocorreria? A polícia francesa parecia ausente de Paris. Como supor que ela ainda existia, quando os alemães vigiavam e controlavam tudo?

Ao chegar à detenção provisória, um estranho incidente se produziu. Enquanto estivera em casa, na rua, no carro, enquanto tivera, apesar de tudo, uma possibilidade de fugir, Bridet, justamente para não mostrar seu jogo, permanecera bastante calmo. Mas, a partir do momento em que a porta da prisão foi fechada atrás dele, a raiva o invadiu. No corredor, como estava sendo empurrado sem muita gentileza, ele estacou de repente, dizendo que não daria nenhum passo a mais, que ninguém tinha o direito de prendê-lo, que era uma vergonha, que não se prendia as pessoas sem dizer-lhes por quê. Um inspetor pegou-o pelo braço. Então, perdendo qualquer controle de seus atos, Bridet se desvencilhou com violência, gritando que proibia que tocassem nele. O espanto desenhou-se nos rostos dos policiais que ali estavam. Nesse momento, Bridet se portou de maneira tão extravagante que pareceu a todos que ele perdera o senso de realidade. Interpretando aquele segundo de espanto natural como o sinal de que era mais forte do que todos aqueles homens juntos, ele se aproximara de uma porta e, sem se dar conta do ridículo de sua conduta, dissera ao guarda que a protegia: "Abra imediatamente!".

Ele não teve tempo de pronunciar mais nenhuma palavra. Dois homens o agarraram. E disseram: "Não vá achando que vai nos intimidar". Bridet esboçou um movimento de defesa, mas recebeu um tapa. E quase reagiu, mas compreendeu de súbito que era loucura. Mesmo sentindo necessidade de esfregar a bochecha, não levou a mão ao rosto.

— Vocês são uns canalhas! — gritou.

O inspetor de traços delicados aproximou-se com a mão levantada.

— Retire o que você acabou de dizer.

— Vocês são uns canalhas! — repetiu Bridet.

O inspetor pôs-se a rir, fingindo tê-lo ameaçado só para que ficasse com medo.

15.

Bridet, ao contrário do usual, ficou pouco tempo na detenção provisória. Conduziram-no, primeiro, à polícia científica, mas ali uma disputa administrativa se sucedeu e não foram executadas as formalidades habituais. Era visível que os funcionários estavam um pouco desnorteados pela nova jurisdição. Bridet os ficou observando com altivez enquanto debatiam. A todo instante, ele perguntava com falsa gravidade: "O que é preciso que eu faça? É necessário que eu espere os senhores?". Eles não respondiam, esquecendo por vezes que estavam tratando com um prisioneiro, absorvidos que estavam pela preocupação em se resguardar.

Conduziram-no, por fim, após terem tomado um caminho subterrâneo bastante limpo e iluminado eletricamente, a uma grande sala com arcos ogivais. Um banco, fazendo conjunto com o forro de madeira, circundava a sala. Umas cinquenta pessoas, aguardando que decidissem os seus destinos, conversavam em grupos.

Uma hora mais tarde, os dois inspetores vieram buscar Bridet. Os três se instalaram no pequeno Simca e, pouco depois, chegavam na prisão De la Santé[13]. Ao longo do trajeto, ao percorrer a *rue* Saint-Jacques, Bridet avistara, na esquina do *boulevard* do Port-Royal, a casa em que, após ter interrompido seus estudos em direito e deixado com alarde o contencioso da Nationale para ser pintor, ele alugara um ateliê.

O pórtico com batente duplo da prisão, com uma porta embutida em um deles, não era muito imponente. Assemelhava-se à entrada de algum imóvel garboso em uma avenida nos arredores da praça d'Étoile. Acima, a bandeira tricolor flutuava sem vida, sem alma, apesar de suas cores vibrantes.

Bridet atravessou um tipo de pátio coberto por uma vidraça e cercado por grades como uma jaula. Um vigia abriu uma dessas grades. Em uma galeria espaçosa, estranhas escrivaninhas envidraçadas encontravam-se alinhadas, dispondo de uma cobertura própria a despeito da proteção que, acima, era oferecida pela vidraça.

Bridet foi empurrado para dentro de uma sala sem móveis, mas atulhada de ganchos para pendurar. Logo em seguida, uma porta se entreabriu. O funcionário do cartório que apareceu no limiar da porta não era um inofensivo burocrata. Ele pertencia à administração penitenciária e, como tal, não se contentava em fazer apenas escrituras.

— O senhor pode vir comigo?

— Claro — disse Bridet.

Encaminharam-no a uma sala limpa e vazia na qual pairava um delicioso aroma de madeira queimada. Parecia uma sala de estudos que acabara de ser arrumada e de ter a calefação acesa. Solicitaram que esvaziasse os bolsos. Os

---

13 Prisão parisiense situada no bairro de Montparnasse, onde foram executados dezoito comunistas e resistentes durante a Segunda Guerra Mundial. [N.T.]

dois inspetores ainda não tinham ido embora. Um deles se aproximou de Bridet para se assegurar de que ele não mantivera nada consigo. E o apalpou, não somente nos locais dos bolsos, mas ao longo das pernas. Depois passou para trás e recomeçou suas manobras. De repente, brandindo um punhado de papéis, exclamou:

— E isto?
— O que é? — perguntou Bridet.
— Justamente o que estou perguntando.
— Eu não sei.

O inspetor levou os papéis a seu colega, que os distribuiu aos funcionários do cartório.

— São panfletos — disse um deles.
— Panfletos?! — exclamou Bridet.
— Não, são imagens da Virgem Santa — falou o inspetor com nariz lindamente desenhado.

Ele virou-se em direção a Bridet e, pela primeira vez sem tratá-lo por senhor, disse:

— Você não nos tinha dito que era comunista...

Bridet permaneceu calado. Se sua liberdade não estivesse em jogo, teria retrucado que sim só por despeito.

— Esses panfletos não caíram do céu simplesmente!

Bridet continuava em silêncio.

— Diga, enquanto fica aí, que fomos nós que colocamos isso no seu bolso.

— Não estou acusando ninguém.

Todos passavam e repassavam os panfletos entre si, segurando afetadamente com a ponta dos dedos, como se fossem papéis gordurosos, sem ousar olhá-los por medo de parecer se interessar por eles.

— É o manifesto de Thorez[14] — disse um burocrata.
— Ah! Aquele — exclamou outro.

---

14 Maurice Thorez (1900–1964) foi secretário geral do Partido Comunista Francês entre 1930 e 1964. O manifesto em questão é um texto do PCF intitulado "Povo da França", mais conhecido como "Chamado de 10 de julho de 1940", assinado por Thorez e Jacques Duclos (1896–1975). [N.E.]

— Escutem essa, escutem só essa — bradou um escriturariozinho que se mantivera atrás da mesa e que, aparentemente, tinha fama de caçoador sarcástico. — "A França quer viver livre e independente. Jamais um povo como o nosso será um povo de escravos. É no povo que residem as grandes esperanças de liberação nacional e social. É em torno da classe operária ardente e generosa que se constituirá a frente da liberdade".

— Você não vai ler esse lixo até o fim — interrompeu com raiva o inspetor de traços bem esculpidos.

O escriturariozinho, que decerto quisera fazer graça, a menos que estivesse aproveitando para dizer algumas verdades, calou-se imediatamente. Olhou para os colegas da mesma forma que em sociedade um marido olha para sua mulher. Eles desviaram os olhos. O espírito da Administração Penitenciária não parecia ser o mesmo que o da polícia.

— Vocês estão querendo me pegar. Mas isto não vai ficar assim! — urrou Bridet

— Fique quieto.

— Olhe bem no meu rosto — continuou Bridet com a mesma firmeza. — O senhor sabe muito bem que foi o senhor quem colocou isso no meu bolso. O senhor sabe bem e, se disser o contrário, o senhor é um crápula abominável.

O inspetor se pôs a gritar também. Existia um fato. Ele não entraria em detalhes. Bridet se voltou para os assistentes.

— Enfim, vocês estavam lá, vocês viram tudo. Vocês sabem que eu não tinha nenhum panfleto. E vocês deixam isso acontecer, e vocês não dizem nada. É uma vergonha.

Houve um momento de desconforto. Em seguida, murmúrios se elevaram.

— Oh! Basta, já foi o suficiente, o senhor está começando a nos exasperar, sabe, é melhor não bancar o esperto, se mantiver esse tom, vai lhe custar caro, nós bem que queremos ser gentis, mas é melhor não nos tratar como imbecis, o senhor se explicará ao juiz, só estamos fazendo nosso trabalho, isso é tudo.

Nesse meio tempo, o chefe da guarda, naquele uniforme escuro do pessoal das prisões cujos galões, ao invés de serem dourados, são de um azul triste, entrou na sala. Ele tinha um bigode enrolado na ponta e os cabelos desgrenhados. Para fazer um gracejo, bateu os calcanhares e fez a saudação nazista. Mesmo que fosse um gracejo, sentia-se nele um vago lamento de que aquela não fosse a saudação francesa. Ela era tão mais efetiva, essa batida de calcanhares com o braço estendido, do que uma mão espalmada na viseira de um quepe.

— O senhor não está em Berlim! — gritou-lhe o inspetor, lançando-se contra essa diversão.

— O que fazemos? — perguntou pouco depois um dos funcionários do cartório.

— Tomando a declaração. É preciso registrar a declaração. Vocês estão vendo que só estamos esperando isso para partir.

— E será que vale mesmo a pena?

— Eu lhe garanto que sim.

Os funcionários se entreolharam. Repugnava-lhes visivelmente estar metidos nessa história. Porém, como o inspetor não parava de insistir, eles começaram a ficar com medo de que se suspeitasse haver neles alguma simpatia secreta pelos comunistas.

E a declaração foi lavrada.

* * *

Três detidos já se encontravam na cela da divisão B. Um motorista de caminhão que subira na calçada e esmagara contra a parede uma garotinha de 8 anos e uma idosa. Um polonês que matara um compatriota. Ele sustentava ter agido em legítima defesa. Por fim, uma figura suspeita que fora conduzida por soldados alemães à delegacia da *rue*

Rochechouart. Eles o haviam flagrado extorquindo dinheiro de mulheres de vida fácil, ameaçando-lhes com uma faca dentro de um bordel. A polícia francesa agradecera longamente a esses soldados. Como dessa vez a colaboração não podia ser criticada, ela agradara a todos. O diretor da brigada mundana[15] até mesmo contatara as autoridades alemãs para saber que recompensa convinha ofertar aos honestos soldados.

Os três prisioneiros receberam Bridet com muita cordialidade. O tempo que haviam passado na prisão fazia com que ela lhes parecesse menos terrível. Eles achavam que Bridet estava sendo muito trágico em relação ao ocorrido. O primeiro dia era o pior. Eles podiam afirmar que amanhã ele já se sentiria melhor.

Bridet deixou-se cair em uma banqueta. No momento em que o empurraram para dentro da cela, ele gritara, esboçara um movimento de recuo, tão grande era sua agitação. E agora, poucos minutos mais tarde, lá estava ele, subitamente apartado do mundo, sem saber por que nem por quanto tempo. Pensava na história dos panfletos. Certamente quiseram agravar seu caso. Mas quem? Uma vez que bastava uma ordem do ministro para prender as pessoas, por que esse teatro? Talvez ele tivesse tratado os inspetores com arrogância excessiva. Eles tinham se vingado. Yolande também fora desajeitada. Que necessidade ela tinha de falar a respeitos das qualidades do general Stülpnagel com pessoas que, do ponto de vista patriótico, não deviam ter a consciência muito tranquila? Yolande era mesmo uma burra. Mas, ao pensar que ela talvez estivesse chorando no mesmo minuto, ele amoleceu.

No momento em que os inspetores a haviam levado, ela lhe dissera: "Esta noite você estará livre". Durante todo o dia, Bridet acreditou que ela viria buscá-lo, que ele teria ao menos notícias dela. Mas o ritmo de sua existência brusca-

---

15 Brigada policial encarregada de combater o proxenetismo na França de então. [N.T.]

mente se transformara. Um, dois, três dias são apenas minutos na vida das prisões. E passou-se uma semana antes que ele pudesse rever Yolande. Ele estava tão abatido quando foi levado à sua presença que, sem dar-lhe tempo de dizer uma palavra sequer, pegou-a nos braços e a apertou contra ele sem dizer nada, por um longo tempo, como se a liberdade passasse ao segundo plano frente à alegria em revê-la. Ela se desvencilhou assim que pôde fazê-lo decentemente.

— Você está livre! — disse ela, arregalando os olhos para dar candura ao próprio rosto.

— Como!?

— Sim, você está livre.

Bridet pegou-a de novo pelos ombros e, em sua alegria, beijou-a, não uma longa e única vez, mas precipitadamente em todas as partes do rosto.

— Olhe só, olhe só, querido, deixe-me contar o que aconteceu.

Ela fora ver Outhenin na sede da polícia e o deixara a par de tudo o que acabara de acontecer. Ele pareceu ter ficado profundamente espantado. E dissera-lhe para voltar, que ele interrogaria os serviços. O ministro certamente não fora informado com exatidão. E devia ter tomado sua decisão com base em um relatório previamente estabelecido. Por causa de um esquecimento lamentável, mas desculpável em um período de organização, os resultados do inquérito não lhe tinham, sem dúvida, sido comunicados.

Dois dias depois, ela revira Outhenin. Ele lera a ela o telegrama que havia enviado a Vichy. Ele aguardava resposta. Yolande voltara ainda uma vez no dia seguinte. Em seguida, Outhenin lhe anunciara a boa notícia: a anulação da decisão ministerial. Faltava apenas notificar os serviços interessados. Era assunto para dois ou três dias. Ela não esperara que tudo estivesse regularizado para vir vê-lo. Sabia muito bem o que era ficar na incerteza.

— Mas o promotor foi avisado?

— Que promotor?

— É que eu estou sendo acusado de manobras contra a segurança interna do Estado. A polícia não tem mais nada a ver com a minha história. Eu dependo da justiça. Outhenin não falou disso?
— Por que da justiça?
— Por causa dos panfletos comunistas.
— Que panfletos?
— Os que puseram no meu bolso.
Yolande olhou seu marido longamente:
— Então você estava com panfletos.
— Claro que não — exclamou Bridet. — Foram esses crápulas dos policiais que enfiaram no meu bolso.
Yolande sorriu ceticamente.
— Isso me parece bem inusitado — disse ela.
— No entanto, é verdade. Você não acredita?
— Sim, sim, mas esse tipo de história sempre me pareceu inusitado. Por que você acha que colocariam panfletos no seu bolso? Quando se sabe que alguém é um bandido e não se tem as provas, eu entendo. Mas não é o seu caso. Os policiais tinham em mãos papéis em ordem.
— Ah, o quê? Você tem cada uma. Chama isso de em ordem?
Yolande ficou um instante em silêncio.
— Você jura que é verdade? — perguntou ela.
Em seu rosto, era visível certo desarranjo. Essa história lhe parecia inacreditável, mas ela não podia duvidar do marido.
— Se o que você está me contando é verdade, isso vai causar um escândalo.
Ela estava com uma expressão dolorosa. No fundo, ela tinha um bom coração e a revelação de ações tão abomináveis lhe fazia perder a compostura. Ela se pôs a refletir. E não entendia por que tinham agido assim com o seu marido. Pela primeira vez, uma dúvida passou por sua cabeça a respeito da lealdade de Outhenin e de todos os seus amigos de Vichy. Porém, quando se acredita em alguém, não é de uma

hora para outra que a confiança se perde. Ela estava em presença de uma astúcia jurídica. Eles haviam percebido que tinham cometido um equívoco. E tinham arquitetado essa história para transferir o caso de um setor para o outro. Ao mesmo tempo em que colocavam os panfletos no bolso de seu marido, o Ministério da Justiça era avisado. Bridet seria absolvido e o Interior não precisaria se desdizer.

— Eu vou falar com Outhenin sobre tudo isso — disse Yolande. — Ele vai ter de me dar umas boas explicações.

— É possível que tenho sido o seu Outhenin quem deu o golpe — disse Bridet.

Yolande não respondeu. Ela beijou longamente seu marido. Depois o deixou, dizendo, para reconfortá-lo, que ações como essas sempre se voltam contra os seus autores.

16.

Alguns dias mais tarde, Bridet foi conduzido ao tribunal. O juiz de instrução lhe deixou logo uma boa impressão. Era um homem muito mais delicado, muito mais simples, muito mais compreensivo do que todos aqueles funcionários de Vichy e, mais ainda, do que toda aquela escória com a qual ele tivera de tratar até o presente momento. Esse juiz devia ter uns 50 anos. Tinha uma aparência um pouco desleixada. E o rosto atormentado de alguém que, ao longo de sua existência, colocara-se muitas questões de ordem moral e sentimental. Pelo seu olhar, era possível adivinhar que ele via os homens que se encontravam em sua presença, que ele os via de verdade e os julgava, não a partir do ato que ali os trouxera, mas de acordo com o seu valor interior.

Ele procedeu à audiência preliminar de confirmação da identidade de Bridet. E anunciou que ele era acusado de manobras contra a segurança interna do Estado. E lhe pediu que escolhesse um advogado, sem dar a entender, com isso, que o réu era culpado. Depois, pediu que se retirasse.

Bridet, que aguardara que o juiz lhe fizesse questões para poder abrir seu coração, não se mexeu. "O senhor pode se retirar", repetiu o juiz.

— É mesmo inacreditável que se possa servir de tais meios, que se possa erigir uma acusação em cima de maquinações de uma polícia imunda. Eu lhe digo, senhor, que esses panfletos foram postos no meu bolso por um policial. Eu já tinha ouvido falar nisso, mas nunca quis acreditar. É preciso já ter sido vítima pessoalmente. Quanto a mim, eu lhe digo que eles foram postos no meu bolso. É uma vergonha para a justiça. Antes da guerra, isso era feito com cocaína, colocavam-na no bolso dos cafetões. Hoje em dia, qualquer um pode ser tratado dessa maneira.

— Por favor, eu lhe rogo — disse o juiz com delicadeza.

Ele levantou os braços em um gesto de cansaço e Bridet sentiu que ele pensava que o réu estava se incomodando inutilmente, pois nada indicava ainda que algo lhe estava sendo censurado. Ele estava sendo acusado, era verdade, mas, nas condições atuais, isso não acarretava qualquer consequência, a não ser pequenos incômodos pessoais e passageiros, e se defender com tamanha veemência traía certa fraqueza de espírito, pois os homens, hoje, fossem eles juízes ou acusados, patrões ou operários, estavam todos no mesmo barco.

De volta à cela, Bridet teve a reconfortante sensação de que os boches não tinham arruinado tudo, de que em certas esferas ainda existiam, apesar de tudo, ilhotas francesas.

No domingo, Yolande voltou a vê-lo. Ela estava mudada. Outhenin a enviara atrás de um tal Jean-Claude Fallières. Seu amor por pessoas de prestígio era tamanho que ela não pôde impedir-se de dizer, mesmo naquele locutório de prisão, que achava que se tratava do filho caçula do antigo presidente da república, o que, aliás, era falso. Ele não pareceu ter ficado surpreso com essa história de panfletos. Segundo ele, tudo era possível. Ela então se dirigira à sede da polícia para tentar falar com Schlessinger. Lá, responderam que ele estava viajando. "Mas o Sr. Outhenin me disse que ele havia voltado". Ela havia ficado com raiva. E falara em queixar-se com o general Glouton. Mas essa ameaça não surtira nenhum efeito. Vista de Paris, Vichy não era assim tão temível, mesmo no que se referia aos serviços que estavam sob sua alçada. Ela retornara para ver Outhenin, que, por sua vez, esquivara-se. Todas essas pessoas eram umas egoístas e covardes. Elas se vigiavam entre si. E, na verdade, não tinham nenhum poder. A partir do momento em que sentiam que havia interesses em jogo, ficavam desconfiadas. Essa história de panfletos assustava. Evidentemente, teria sido preciso abrir uma investigação. Talvez se tratasse apenas de uma fantasia de policiais subalternos. Porém, não era possível saber. Era difícil, por outro lado, ordenar a investigação sem parecer estar pressionando a justiça, sem colocar a polícia em descrédito. E, nos tempos atuais, o simples fato de que pudessem suspeitar de tais segundas intenções podia levar-nos longe.

Fora nesse momento que Yolande decidira passar na *avenue* Kléber, no quartel-general do general Stülpnagel. Ah, era preciso ver a diferença. Ela fora recebida de imediato, sem aguardar um minuto, não pelo general Stülpnagel, pois ele estava viajando (o que era verdade, os alemães não mentiam), mas por outro general tão importante quanto ele. Imediatamente, haviam tomado nota de todas as suas declarações. Detalhe interessante, o general alemão, ao perceber que a emoção impedia Yolande de falar, levantara-se e, como ela permanecia dura em sua poltrona, pegara-lhe nos ombros com bastante tato e a obrigara a recostar-se e relaxar, em um gesto tão paternal que ela quase chorara. "É uma história do tipo elevador do Carlton", murmurou Bridet. Por fim, quando ela se recompusera e já tinha contado tudo o que acontecera, ele não prometera nada, tampouco deixara transparecer seu pensamento, mas ela sentira o quanto ele ficara enojado pelos procedimentos vergonhosos que ela lhe assinalara. Ao reconduzi-la, ele apertara fortemente a mão dela e a olhara nos olhos longamente. Ele apenas pronunciara algumas palavras, e essas palavras haviam sido: "Senhora, verei o que deve ser feito".

Durante esse relato, Bridet teve de se esforçar bastante para não ficar irritado. Quando se está tão distante de alguém como ele agora estava de Yolande, falar equivale a cavar um buraco ainda maior. Não havia nada a fazer. Ele falou, no entanto, adotando o tom mais enganoso, mais delicado que pôde:

— Foi muito bom o que você fez, querida. Eu agradeço. Mas, você sabe, fui ver o juiz e creio que o meu caso será resolvido. Assim sendo, acho melhor você ficar tranquila. Mais tarde, querida, se as coisas derem errado, você terá todo o tempo para agir.

* * *

Em 15 de março de 1941, Bridet passou em frente à 5ª câmara correcional. Ao longo do trajeto entre o *boulevard* Arago e o tribunal, um vigia quis botar-lhe as algemas. "Oh, não vale a pena...", disse outro vigia. Porém, ao chegarem, como ele avistara seu capitão, o primeiro deles se aproximou de Bridet e, ocultando o gesto, fingiu que estava tirando as algemas.

O presidente da 5ª câmara era um homem de mais ou menos 60 anos, com cabelos brancos cortados bem rentes. Ele tinha um jeito firme que contrastava com a moleza de seus assessores.

Ao entrar, Bridet fixou os olhos no tribunal e, em seguida, no promotor, que, é preciso dizer, tinha um ar bastante humano, bastante capaz de renunciar, de modo teatral, a uma acusação. Nesse momento, o advogado de Bridet se levantou e, passando o braço por cima do banco dos réus, fez sinal para que seu cliente se curvasse. Falou-lhe algo em voz baixa, mas Bridet não escutou. Ele havia avistado Yolande. E acenou. Ela respondeu por gestos que tudo ia bem. Bridet se sentou, bastante calmo. Sabia que não estava correndo grande risco por causa da época: cinco anos de prisão no máximo, os quais ele não cumpriria se a guerra acabasse antes. Mas esse fim parecia tão longínquo que ele estava, assim mesmo, sombrio. No fundo, toda sua vida dependia desse julgamento, pois, por mais moderado que fosse, nenhuma vida está menos assegurada do que a de um homem aprisionado enquanto grandes reviravoltas ocorrem do lado de fora.

O processo durou alguns minutos. Bridet respondeu às questões que lhe fizeram sem hesitação nem raiva, pois um bom tempo já se passara desde que lhe haviam enfiado os panfletos no bolso. Ele assumira a postura de um homem que não entende o que querem dele. Trataram-no com relativa benevolência. Foi assim que, ao longo do depoimento de uma falsa testemunha (tratava-se de um dito comerciante licenciado da *rue* Demours que Bridet teria compelido a aderir ao partido comunista e a quem ele teria distribuído panfletos), o presidente do tribunal, frente às contradições dessa testemunha esquisita, piscara inadvertidamente ao cruzar os olhos com Bridet.

O promotor se ergueu, recitou banalidades assustadoras sobre a manutenção da ordem e o perigo bolchevista e voltou a sentar-se.

Os três juízes trocaram algumas palavras. Bridet tinha a impressão de que estavam a seu favor. O presidente disse: "Creio que é melhor que vocês reconheçam os fatos. O tribunal apreciará e se mostrará indulgente".

A sentença enfim foi proferida. O tribunal decidia que os fatos não tinham fundamento. Bridet estava absolvido por falta de provas.

— Você está livre — disse o presidente.

O rosto de Bridet se iluminou.

— Obrigado, obrigado, Sr. presidente...

Pouco após, pensou que não havia nenhuma razão para agradecer quem quer que fosse. "Ah, mas é por gentileza.

Um pouco de reconhecimento, de deferência, custa tão pouco e agrada tanto."

— Até daqui a pouco, me espere na saída — gritou ele, virando-se para Yolande, que estava de pé, agitando os braços para lhe mostrar o quanto estava contente.

Bridet já retomara sua postura tranquila de homem livre. Como o vigia, ao sair do banco dos réus, queria fazê-lo passar à frente, Bridet colocou amigavelmente a mão em seus ombros e disse: "Não, não, depois de você... não sempre eu...".

Ao subir no camburão que o conduziria à *Santé* para a sua libertação, ele conseguiu trocar algumas palavras com Yolande. "Viu só, viu só...", ela dizia. "Sim, minha querida, eu vi..."

As formalidades aconteceram de acordo com as regras habituais. Para Bridet, elas pareceram intermináveis. Por fim, ele assinou em um grande livro. Ao fechá-lo, o escrivão, para se sentir importante, disse: "Você está livre". Devolveram a Bridet a gravata, os cordões e o pouco de dinheiro que trouxera consigo.

Se suas roupas não estivessem amarrotadas por ficarem socadas no armário, ele poderia ter acreditado que jamais estivera preso. Um guarda o acompanhou até a primeira grade. No pátio coberto por uma vidraça que era preciso atravessar antes de alcançar a saída havia vários grupos de pessoas. Eram, sem dúvida, novos prisioneiros que estavam sendo trazidos. Subitamente, dois homens avançaram na direção de Bridet.

— O senhor é o Sr. Bridet?

— Sim, por quê?

— Nós fomos encarregados de conduzi-lo até a sede da polícia. Queira nos acompanhar.

— Por quê? Espere aí. Como assim?

— Nós não sabemos de nada. Lá eles lhe dirão.

Discutindo, Bridet acabou compreendendo o que estava se passando. A pedido das autoridades alemãs de ocupação, o chefe da polícia vira-se na obrigação de soltar uma ordem de detenção contra Bridet. Os dois inspetores, que pareciam, aliás, estar bastante incomodados por essa missão, explicaram-lhe que isso acontecia constantemente quando os alemães não tinham ficado satisfeitos com um julgamento. Eles achavam que Bridet seria conduzido ao campo de Venoix, na região de Oise, "um dos melhores", completaram.

A decepção de Bridet foi tão grande que, bruscamente, não conseguiu mais se conter:

— ...Vocês se dizem franceses e fazem para os boches um trabalho desses... Vocês não têm vergonha na cara. Eu preferiria ganhar a vida varrendo ruas.

Nesse instante, um homem se destacou de um dos grupos estacionados no pátio. Era bem alto, porém magro e arquejado. E tinha o peito tão afundado que era como se houvesse acabado de levar um soco no meio dele. Sua barba estava por fazer. Ele usava um chapéu coco todo empoeirado e fora de moda. E se plantou na frente de Bridet.

— O que o senhor está dizendo?

Bridet logo teve a impressão de que se tratava de um dos policiais que acompanhavam os recém-chegados.

— Estou dizendo que os franceses que servem aos boches, como vocês estão fazendo neste momento, são uns vendidos e haverá um dia em que todos eles serão fuzilados.

O homem tirou o chapéu como se quisesse colocar-se no mesmo plano que seu interlocutor.

— É para mim que o senhor diz isso? — perguntou ele com um forte sotaque suburbano.

— Para você e para todos os outros.

— Ah, tá. Então cale a sua boca. Estou falando de homem para homem, está ouvindo? O senhor não tem o direito de censurar nada àqueles que são a favor dos alemães. Eu mesmo estou com eles, não vou esconder. Estamos todos com eles, não é mesmo, senhores?

Os dois inspetores se mantiveram em silêncio, mas não protestaram.

— Quando se fez o que nós fizemos, está ouvindo, sujeitinho pretensioso, é melhor fazer até o fim. Perfeitamente, viva os boches, eles são os maiorais, e nós, nós somos uns bostas.

Como ele estava ficando cada vez mais esquentado, os dois inspetores o afastaram. Ao sair, eles se esforçaram para tocar os sentimentos de Bridet. Ele não devia ter falado da França daquele jeito. As generalizações eram sempre injustas. Em seguida, eles fizeram uma observação que mergulhou Bridet no mais profundo espanto: "O rapaz de agora há pouco, nós o conhecemos. É um rapaz legal".

Bridet passou a noite e o dia seguinte na sede da polícia. Ele mandara avisar Yolande, mas não pôde vê-la, uma vez que, passando constantemente de um escritório a outro, de um andar a outro, de um prédio a outro, quando ela conseguia encontrar suas pegadas, ele já se fora.

No dia seguinte, ele estava confinado, como tinham deixado escapar os inspetores, no campo de Venoix, perto de Clermont, em Oise.

17.

Em aspecto, o campo de Venoix parecia um loteamento. Fora instalado em grandes pavilhões de concreto armado destinados a uma escola de aviação cuja construção fora interrompida pela guerra. Eles estavam dispersos em um vasto quadrilátero. Adivinhava-se, a partir de certos detalhes, que, caso tivessem sido acabados, seriam confortáveis. Comodidades com as quais no passado nem se pensava haviam sido previstas.

O regime desse campo era tão diferente daquele da prisão que nos primeiros dias Bridet se sentiu aliviado. O simples ar livre, deixando a promiscuidade da cela estreita da *Santé*, parecia um imenso favor. Os internos tinham espaço. Tinham roupas de cama, ferviam água. Passeavam entre os pavilhões. Eram colegas mais agradáveis para Bridet do que os antigos companheiros de cela da prisão. Eles não carregavam nenhum crime nas costas. Era possível senti-lo em seus olhares, na desenvoltura com a qual respondiam às sentinelas, no seu espanto frente a certas medidas penitenciárias.

Desde a chegada a Venoix, Bridet se perguntava se Yolande não estaria mais uma vez na origem de suas novas complicações. Se ela não tivesse ido falar com os alemães, talvez eles nem tivessem se lembrado dele. Mas uma vez que outros internos, pelos quais ninguém intervira, encontravam-se lá também, na sequência de aventuras mais ou menos parecidas com as dele, era provável que ela não houvesse influenciado em nada quanto ao seu destino.

À noite, após ter interrogado seus vizinhos e compreendido melhor o que acontecera consigo mesmo, ele escreveu longamente a Yolande para guiá-la nos procedimentos que ela teria de fazer para obter sua libertação. Os alemães não faziam nenhuma pressão sobre a justiça, mas quando consideravam que um tribunal não havia cumprido com o seu dever, que o indivíduo que fora solto era perigoso, eles advertiam as autoridades francesas. Isso certamente se produzira. Uma simples nota ao chefe da polícia pedindo averiguação determinara seu internamento. Yolande, portanto, devia agir com muita prudência. Ele a aconselhava a não requisitar mais nada de seus amigos de Vichy. Eles tinham se preocupado demais com ele para ainda se interessarem por história. Aliás, eles não tinham nada a ver com aquilo e uma intervenção sua, admitindo que fosse possível, iria ser-lhe pior. Era melhor deixar a polícia vichysta de lado, mesmo que bem-intencionada, e tratar de se aproximar de alguém que tivesse um papel importante nas relações entre a nova administração francesa e as autoridades de ocupação alemãs.

* * *

Três semanas já se haviam passado desde que Bridet chegara ao campo quando Yolande obteve enfim autorização para vê-lo. A visita fez-lhe bastante bem. Ele imaginara que ela apareceria em sua frente com os olhos inchados e um ar constrangido, que ela teria consciência de ser um pouco a causa daquilo que lhe estava acontecendo e que tentaria se fazer perdoar. Ele temera, pois, no estado de abatimento em que se encontrava, não precisava de remorsos nem arrependimentos, mas de alegria e de confiança. Yolande estava tão feliz em rever seu marido que se esquecera um pouco demais de que ele era prisioneiro. Bridet sentiu uma pontada no coração. É mesmo extraordinária a velocidade com a qual o mundo aceita nossas desgraças e constrói um futuro em que aquilo que foi perdido já é levado em consideração. No fundo, sua mulher se portava em relação a ele como o fazia em relação à França. Ele fora livre. Mas no presente, era preciso render-se aos fatos, ele já não mais o era.

Ela anunciou-lhe de pronto que seguira todas suas indicações e não interrompera um só dia os esforços. No entanto, ela já não estava tão indignada quanto no dia em que seu marido fora detido. Bridet compreendeu então que, por mais penosa que fosse sua situação, ele e Yolande não a viam com os mesmos olhos. Ela não a considerava tão terrível, não mais do que a situação de um prisioneiro de guerra. Evidentemente, era grave, mas as coisas no fim se arranjariam. Bridet tinha até a vantagem de estar na França, o que permitia que sua mulher fosse vê-lo de vez em quando e agisse de maneira mais eficaz. Não era, portanto, de todo mal que ele estivesse internado nesse campo. Enquanto ele estava lá, não ficava exposto a outros perigos. Essa medida de internamento, por mais injusta e surpreendente que pudesse parecer no primeiro momento, não deixava de ser, se pensássemos nas possíveis desgraças que ainda podiam se abater sobre a França, uma espécie de segurança em relação ao futuro. Uma vez que supostamente ele fora oficialmente considerado inofensivo, era de se imaginar que os boches iriam agora deixá-lo em paz.

Bridet a alertou contra tal ilusão. Ele não estava assim tão a salvo naquele campo. Tinham lhe contado que, a cada três ou quatro dias, um oficial alemão vinha confabular com as autoridades do campo e que, quase sempre, na sequência dessas visitas, um dos internos era chamado ao escritório. No dia seguinte, ele ia embora e ninguém mais ouvia falar a seu respeito. Bridet não estava nem um pouco seguro de que essa aventura não lhe sucederia um dia. Tratava-se, aparentemente, de indivíduos que os alemães obrigavam a comparecer frente aos seus próprios tribunais. Com os franceses, era possível ao menos ter esperanças de se salvar, mas com os boches...

Yolande respondeu com segurança que ele não devia se inquietar. Aqueles que os alemães assim requisitavam certamente não eram anjinhos. Provavelmente, devem ter ficado sabendo que pertenciam a grupos de resistência ativa. Talvez tivessem até mesmo participado de atentados. Mas ele, uma vez que não tinha feito nada, podia deitar a cabeça no travesseiro sem grandes preocupações. Os alemães não batiam ao acaso, eles sabiam perfeitamente o que estavam fazendo.

"Mas é por causa deles que eu estou aqui", exclamou Bridet. "Você está se esquecendo da história dos panfletos. Nós não sabemos o que está por trás disso tudo."

Yolande sorriu. Se o que estavam reprovando ao seu marido eram meramente esses panfletos, era melhor dizê-lo, ela não ia se descabelar por causa disso. Aliás, quanto a isso ela estava segura, mas já que ele se inquietava, ela podia dizer a ele que não tinha perdido tempo. Os mandatários dos departamentos de Oise e de la Seine haviam sido informados graças a ela. Em duas ou três semanas (era melhor que eles não pensassem estar sendo pressionados), se não acontecesse nada de novo, ela daria um jeito de falar com eles.

Porém, no fundo, ela não acreditava que esse era o melhor caminho. Ela apenas o fizera para agradar seu marido. Se tivesse dependido dela, ela sabia muito bem o que teria feito.

— O que você teria feito? — perguntou Bridet.

— Você quer que eu diga — ela respondeu — quais são as únicas pessoas que podem fazer algo por você? As únicas que ainda exercem alguma influência sobre os alemães, as únicas que lhes inspiram respeito, as únicas com quem eles querem negociar. É o exército.

Yolande devia ter pensado nisso mais cedo, em Vichy, por exemplo, ao invés de ficar perdendo tempo correndo do Hôtel du Parc aos Célestins. Ela só deveria ter se dado ao trabalho de ir ao Ministério da Guerra. Mas ainda não era tarde demais. Se os mandatários não se mexessem, ora, ela iria nessa direção.

— Tome cuidado — disse Bridet.

* * *

Um mês se passou durante o qual Bridet não teve nenhuma notícia de sua mulher. Decerto ela lhe escrevia, mas as cartas deviam estar retidas em algum lugar. A ideia de fugir vinha-lhe com frequência cada vez maior. Ele tinha a impressão de que quanto mais esperava, mais difícil seria juntar-se a De Gaulle. A polícia se organizava. Ademais, um rumor inquietante começava a circular pelo campo. Os prisioneiros levados logo após as visitas dos oficiais alemães não eram levados para serem julgados. Eram feitos reféns. E se ninguém recebia mais notícias deles, era por uma razão bem simples. Eles haviam sido fuzilados.

Quando enfim Yolande veio ver o marido de novo, ele lhe revelou a intenção de escapar. Ela não respondeu, não ousando dissuadi-lo, mas quando ele lhe pediu que ajudasse, ela observou que era inútil correr tamanho risco no momento em que seria liberado. Ela recebera de Wiesbaden uma carta de um oficial de Estado-Maior do general Huntziger, o capitão Aloysius Dupont, delegado da comissão de armistício. Ele mandara executar as medidas que ela lhe demandara. De acordo com as informações que ele conseguira obter, e que ele estava feliz em transmitir, o caso de seu marido era conhecido. O Sr. Joseph Bridet não corria absolutamente nenhum perigo. Ele estava retido no campo de Venoix não por causa da gravidade de seus atos, mas devido à obrigação em que se encontravam nossos ex-adversários frente à população francesa de não voltar atrás de uma decisão que haviam tomado. No entanto, podia-se prever que em um futuro bem próximo uma solução que satisfaria a todos seria adotada. Schlessinger, por sua vez, coletara as mesmas informações. "Eu ainda preciso contar mais uma coisa de que você vai gostar", completou Yolande. "Desde que você veio para o campo, todo mundo mudou completamente em relação a você. A complacência e a gentileza dos nossos amigos me emocionaram profundamente. Até mesmo Outhenin está fazendo tudo o que pode por você e da maneira mais sincera. O que você queria? Apesar dos desentendimentos entre franceses, há uma coisa que nos reconcilia de imediato, que é a pretensão dos estrangeiros de se meterem nos nossos assuntos."

* * *

Alguns dias mais tarde, Bridet foi chamado pela direção do campo. O capitão Lepelletier tinha o aspecto de um homem valente. Ele sequer ergueu os olhos para ver Bridet. E anunciou-lhe que o ministro do Interior lhe pedira para fazer um relatório sobre sua conduta.

— Veja só o relatório que fiz sobre o senhor — completou o capitão estendendo-o a Bridet e o instando a lê-lo.

Era um relatório banal onde figuravam sobretudo datas. Ele terminava com a seguinte frase neutra: "a conduta de Joseph Bridet não suscitou nenhuma observação particular".

Após ter devolvido o relatório, Bridet, sem saber por que o tinham feito lê-lo, manteve-se em silêncio, esperando uma questão qualquer. Mas o capitão não lhe fez nenhuma. Ainda sem levantar a cabeça, disse-lhe que podia se retirar.

— Por que o senhor me fez ler este relatório? — perguntou Bridet.

— Para o seu governo, para o seu governo...

No resto do dia, Bridet não mais pensou nesse incidente. Em sua cama, porém, lembrou-se dele de súbito.

Era estranho. Jamais se vira um diretor de campo permitir que o relatório que enviava ao seu superior fosse lido por aquele que era o objeto do relatório. Visivelmente, tratava-se de uma gentileza. Mas Bridet não conhecia esse capitão. Por que, então, essa gentileza? Havia visivelmente um subentendido que Bridet devia compreender. Era um pouco como se, no caso de que alguma coisa acontecesse, o capitão Lepelletier quisesse se eximir de sua responsabilidade. Essa era uma interpretação. Uma outra, mais tranquilizadora, era que, suspeitando que o prisioneiro fosse ser liberado, o capitão quisesse ganhar sua simpatia. Como saber a verdade? Bridet adormeceu enfim.

* * *

Ao longo das semanas que se seguiram, Bridet não teve nenhuma notícia desse relatório. E acabou nem pensando mais nele. Essa solicitação de informações sem dúvida fora causada pela necessidade da administração, que fazia questão de ter o controle de tudo, de manifestar sua autoridade.

Bridet estava se habituando à vida no campo. Ele criara laços com alguns de seus companheiros. Todos tinham mais ou menos a mesma maneira de sentir e de reagir. Do ponto de vista moral, ele estava menos sozinho do que quando estivera em liberdade. Esses 250 homens, provenientes dos mais diversos meios sociais, impunham respeito por sua unidade. Emanava deles uma impressão de força e, como depois de haver atravessado a linha de demarcação, na cafeteria da estação, Bridet experimentava o orgulho de fazer parte de um tal agrupamento. Ali, ele se sentia abrigado, bem mais abrigado do que nos corredores dos ministérios vichystas. Nada podia ser feito contra ele, pois ele pertencia a uma coletividade talhada para responder a todas as medidas tomadas contra si. Já se tivera a prova. Mais de uma vez, as autoridades haviam sido obrigadas a revogar uma decisão.

Certa noite, no entanto, espalhou-se no campo o rumor de que dois internos, que haviam sido transferidos três dias antes para a prisão de Clermont, haviam sido executados. Seus nomes eram citados. Alguns afirmavam que haviam sido guilhotinados. Isso pareceu tão monstruoso a Bridet que ele não acreditou. Essas histórias de horror pareciam-lhe sempre do domínio da imaginação. Aliás, numerosos eram os camaradas que partilhavam de sua descrença. Outros, porém, tão numerosos quanto, estavam persuadidos da veracidade do rumor. "Se é verdade, é porque nossos dois camaradas cometeram atos que nós desconhecemos", considerou Bridet. "De modo algum", responderam-lhe. "Eles não fizeram nada. Foram raptados e executados." Um deles era um homem de 57 anos, de condição bastante modesta (um escavador que tivera a má sorte de pertencer a uma organização operária) que fora internado por ter sustentado, no dia que se seguiu a Montoire[16], opiniões injuriosas acerca do chefe de Estado.

Aproveitando a simpatia que ele soubera conquistar de um funcionário do campo contando que escrevia nos jornais, Bridet procurou saber a verdade. Dois homens haviam, de fato, sido executados. Mas não conseguiu saber nada mais do que isso. Mesmo assim, teve a impressão de que, no escritório, eles haviam sabido duas semanas antes que esses homens seriam executados (o segundo era um professor de 27 anos). Assim, enquanto os prisioneiros lavavam suas roupas, escreviam a suas famílias, entregavam-se a todas as pequenas ocupações de uma vida em velocidade reduzida, esses funcionários sabiam que dois homens seriam mortos. Que houvessem continuado a vigiar o campo como se tudo estivesse normal os tornou, de um dia para o outro, odiosos. Altercações se sucederam entre guardas e internos. O capitão

---

16 Referência ao encontro entre o Marechal Pétain e Adolf Hitler, ocorrido no dia 24 de outubro de 1940, na estação de Montoire-sur-le-Loir. Na ocasião, foram estabelecidas as bases da colaboração entre os ocupantes e o governo de Vichy. [N.T.]

Lepelletier cogitou punições severas. Por fim, certos funcionários foram transferidos. E a calma voltou. Mesmo assim, a atmosfera permaneceu pesada. Não se passava um dia sem que corresse o rumor de que outros raptos seriam praticados. Jornais entravam no campo. Cada vez que um atentado ou sabotagem eram relatados, uma grande efervescência se produzia. Grupos se formavam em frente aos pavilhões. As autoridades do campo acabaram se inquietando. Foi nesse momento que mandaram espalhar a declaração cujo resumo aqui vai: "Elas haviam notado certa agitação causada pela presunção de que havia uma lista de execuções. Elas faziam questão de informar aos internos do campo de Venoix que o governo do Estado francês se opusera a qualquer execução nos campos de internamento, que os rumores que haviam corrido a esse respeito eram sem fundamento, que jamais uma execução fora ordenada e muito menos levada a cabo".

Tal declaração acalmou alguns espíritos, mas deixou Bridet na mais completa indiferença. O governo do Estado francês, tão suscetível quando se tratava de honestidade e correção, não era principiante em matéria de mentira. Bastava que ele assegurasse que ninguém encostaria em certas categorias de franceses para que estes, imediatamente, ficassem de orelha em pé.

Bridet escreveu a Yolande dizendo que queria vê-la imediatamente. Com palavras veladas, fez que compreendesse o que estava se passando. Essa sensação de estar à mercê do acaso de uma execução tornava penosa a vida no campo. Ela respondeu que ele não devia entregar-se assim às impressões. Ela estava cuidando dele. E esperava em breve chegar a um bom resultado. Em duas semanas, no máximo, ela iria vê-lo, não de mãos abanando, mas com boas notícias.

Como prometera, quinze dias depois ela chegou ao campo. Contando o tempo passado na *Santé*, já fazia quase seis meses que Bridet estava privado de sua liberdade. Ele emagrecera bastante. Não fosse a sensação de estar no meio de um cerco que se fechava de maneira implacável, isso não seria nada. Apesar de suas ações, de suas idas e vindas, das cartas, dos apelos aos amigos, ele permanecia preso e em condições que, insensivelmente, só faziam piorar. Ao avistar sua mulher, pouquíssimo mudada, quando muito mais bela e visivelmente feliz de ter retomado uma vida ativa, teve a impressão não de que ela se distanciara dele, mas de que ela não se dava conta da gravidade da situação. Ela o beijou como uma mulher que reencontra um guerreiro, fingindo esquecer que estava elegante e cuidadosamente maquiada. Disse-lhe prontamente que só não viera mais cedo porque aguardara a chegada de uma grande notícia. Tinha acabado de recebê-la. Bridet fora liberado. Estava tudo acabado. Ele não era mais prisioneiro...

Por um instante, Bridet ficou quieto de tanta alegria. "Oh, querida!", exclamou ele enfim, "se você soubesse o peso que está me tirando". Ele explicou que não tinha sofrido com a vida no campo. Comer mal, dormir mal, viver em um pavilhão cujo cimento não estava seco, isso lhe era indiferente. Jamais atrelara muita importância ao conforto, Yolande bem o sabia. O mais aterrorizante fora ter de se perguntar a cada manhã se uma lista de execuções não tinha sido produzida, se seu nome não figurava nela.

* * *

À noite, Bridet se pegou lamentando não ter pedido a Yolande informações mais precisas. Era o que tantas vezes acontecia com as boas notícias. Por medo de descobrir nelas um lado menos feliz, não se ousa falar a respeito. Ele estava liberado, mas, enquanto aguardava, continuava lá. "Ela quis dizer", pensou Bridet, "que a minha liberação estava assinada, que legalmente estou livre. Mas preciso aguardar que as formalidades sejam finalizadas".

Uma semana transcorreu sem que ele recebesse a mais ínfima notícia referente à sua liberação. Murmúrios, os mais diversos, circulavam pelo campo incessantemente. Alguns se dissipavam da mesma maneira que haviam vindo. Outros, porém, persistiam, avolumando-se com notícias contraditórias. Entre tais murmúrios, havia um que, sob aspectos diferentes, ressurgia sem cessar. Um oficial superior, que alguns até mesmo diziam se tratar de um general, fora assassinado ali perto, em Beauvais. Outro também, a menos que se tratasse do mesmo, fora morto em Clermont, ainda mais perto. Os habitantes dessas duas cidades não tinham mais o direito de sair. Ademais, fora-lhes feita a interdição formal de trancar as portas durante a noite. Frente a semelhante estado de coisas, por pouco não era possível invejar a sorte dos internos de Venoix. "Vocês vão ver o que vamos sofrer", diziam alguns. Nenhuma situação é mais carregada de ameaças do que a de prisioneiros que, graças a uma extraordinária combinação de circunstâncias, encontram-se favorecidos em relação ao resto da população.

Bridet tentou tranquilizar-se pensando que, se houvesse uma lista de execuções, ele não estaria incluído, já que as autoridades do campo, mesmo que não tivessem posto em prática a ordem de liberá-lo, certamente a haviam recebido. Tal suposição, entretanto, não o satisfez. Se eles passassem por cima da decisão, o que ele poderia fazer? Isso já fora visto em Vichy. Mesmo se tivessem se enganado, as autoridades não iriam reconhecê-lo. A designação de um refém é algo muito grave para que possa ser revogado, ainda mais porque uma medida como essa implicaria a designação de um substituto.

Decorreram-se ainda alguns dias sem que nada de novo chegasse ao conhecimento dos prisioneiros. Passou-se até um dia inteiro sem que se falasse no oficial alemão assassinado. Subitamente, porém, os mesmos rumores voltaram a circular, só que dessa vez muito mais precisos. Em Clermont, na mesma noite, um coronel alemão e um simples soldado haviam sido mortos. Se os culpados não se apresentassem em 24 horas, quinze reféns seriam selecionados e fuzilados.

Tal notícia causou tamanha impressão em Bridet que ele sentiu invadi-lo uma raiva louca contra Yolande. Precisava descontar em alguém. Essa mulher era mesmo uma criminosa. Era por culpa dela que estava ali. Por que, já que estava convencida de que ele seria liberado, ela não tomara conta disso, não acelerara as formalidades? Ele não lhe escondera os perigos que estava correndo. De pronto, escreveu a ela uma carta, mas deixou-se levar por tantos desvios de escrita que não ousou confiá-la ao suboficial responsável. Por sorte, um tal Baumé, mais afortunado do que Bridet, visto que ao menos alguém se ocupava dele, deixaria o campo naquela mesma noite. Bridet entregou-lhe a carta. E pediu que ele fosse ver Yolande, falasse com ela, contasse o que estava acontecendo. Escutando seu marido através de um desconhecido, ela seria mais suscetível.

Aquela tarde pareceu interminável. Nas conversas, só se falava da lista de execuções. Se eles tomassem quinze, isso significava que cada um tinha uma chance em vinte de estar no meio. Por volta das cinco horas, ele teve a oportunidade de tomar uma garrafa de vinho com um companheiro. Não havia exagero em todos esses boatos? O tempo em que as autoridades do campo tinham declarado que jamais existiria uma lista de execuções não estava tão distante. Elas não podiam se desdizer tão rapidamente. Além do que, alguém estava certo de que esse oficial tinha mesmo sido morto por ser alemão? Segundo alguns falatórios, ele fora morto pelo marido de uma mulher que o surpreendera em sua casa. Tratava-se, na verdade, de um drama passional. Não se podia fuzilar quinze homens porque um marido tinha matado o amante da mulher. Quanto ao soldado, ele estava ébrio. Fora no dia seguinte a uma briga entre soldados alemães que haviam encontrado seu corpo em frente ao Alcazar.

Bridet se estendeu sobre a cama. Todos seus colegas de quarto estavam ali. Era a hora em que jogavam cartas, mas naquela noite eles apenas conversavam. Bridet queria ficar sozinho, não ver ninguém. Ainda não acreditava que haveria uma lista de execuções, mas em 1939 ele tampouco não acreditara na guerra. Cruzou os braços atrás do pescoço. Não podemos fechar os ouvidos como fechamos os olhos. Ter de escutar ininterruptamente o mesmo que escutara ao longo de todo dia era, para ele, um sofrimento. O que há de mais esmagador nos momentos trágicos da vida é o desarranjo dos que nos cercam. Com muita força de vontade, conseguimos afastar de nossa mente tudo aquilo que pode nos levar ao medo. E eis que estamos rodeados de gente que não fez o mesmo esforço. Bridet não foi capaz de ouvir mais nenhuma palavra. E foi se esconder atrás de um pavilhão. Meia hora mais tarde, ao retornar, topou com Baumé. "Eu não vou mais embora", disse este, devolvendo a carta a Bridet. Estava pálido. Suas mãos tremiam ligeiramente. Tinham acabado de anunciar-lhe que sua saída fora adiada.

Essa notícia atingiu Bridet tão fortemente que, poucos minutos depois, quando ele procurou sua carta, não a encontrou imediatamente. Ele a tinha dobrado em quatro e enfiado no fundo dos bolsos. O cerco estava se fechando. Se a saída de um homem cujos documentos estavam prontos fora suspensa, como poderia Bridet ainda contar com a própria liberação? Visivelmente, ordens estavam chegando de fora. O capitão Lepelletier e seus lugares-tenentes já não eram mais do que executores.

Mas um choque profundo como esse nos ilumina. Quando sentimos que nossa vida pode nos ser tirada, contemplamos a nós mesmos e compreendemos que só há uma coisa capaz de nos dar força suficiente para enfrentar esse aperto: agir exatamente de acordo com a nossa consciência. À noite, Bridet teve vergonha de tudo que havia dito e esperado ao longo do dia. Ele dissera que o coronel alemão fora assassinado por um marido ciumento. No fundo de si mesmo, porém, sabia que, se sua vida não estivesse em risco, não o teria afirmado. Teria sustentado, ao contrário, que o boche fora morto intencionalmente por um patriota, que era preciso imitá-lo e matá-los todos. Ele aspirara ser liberado. Que covardia! Em um momento em que franceses iam morrer, ele, logo ele, teria aceitado ir embora. Ele teria abandonado seus compatriotas.

Por volta das nove da manhã, soube-se que os oficiais da *Kommandantur* de Beauvais haviam se apresentado bem cedo às autoridades responsáveis pelo campo. Eles vinham acompanhados por um civil. Tratava-se, segundo diziam, do secretário geral da subprefeitura de Clermont. Os empregados do campo tinham entregado a ele mais de oitenta relatórios. E esses relatórios se encontravam agora no Ministério do Interior.

* * *

Tais rumores mergulharam Bridet em um profundo abatimento. Ele não queria acreditar. Era apenas falatório. Como poderiam tê-lo sabido? Admitindo que fosse verdade, como os prisioneiros tinham se inteirado uma hora depois? Bridet fez uma reflexão irônica a respeito das pessoas sempre bem informadas. Mas essa espécie de delegação fora vista por vários camaradas. Apesar de não se saber o que ela tinha vindo fazer, não se podia negar que viera. Bridet respondeu que era perfeitamente natural que os alemães visitassem os campos. Eles estavam ocupando o país. Enquanto tal, circulavam por todo canto. Quanto ao resto, não passava de suposições.

Ao longo do dia, nada de relevante se produziu. No dia seguinte, Bridet escreveu a Yolande outra carta, bem mais breve. Estava contente por a primeira não ter sido remetida. O tempo estava magnífico. Tinha a impressão de que o perigo findara. Ele se prolongava por tempo demais para que seguisse sendo uma ameaça.

Por volta das dez, Bridet estava olhando pela janela que se encontrava logo acima de sua cama quando, de repente, avistou na estrada, do outro lado da cerca, dois caminhões repletos de homens que se mantinham em pé. A distância era ainda muito grande para que ele pudesse distinguir quem eram esses homens. Os caminhões se aproximavam, deixando atrás de si uma nuvem de poeira pairando sobre a estrada. Subitamente, ele discerniu soldados alemães. Estavam vindo substituir os vigias franceses. Bridet que, em toda sua vida, guardara sempre para si as más notícias, ficou tão estupefato que chamou imediatamente seus camaradas. Eles se amontoaram nas janelas. Durante alguns minutos, pareceram não compreender o significado daquela troca. Em seguida, como se ao tornar a situação ainda mais dramática experimentassem certo alívio, eles se derramaram em lamentações. Não eram quinze os que seriam fuzilados, mas trinta, cinquenta. E os boches não se preocupariam em saber se eram casados, pais de família, heróis da outra guerra, provedores do lar, inválidos etc.

Bridet lamentava ter posto assim o quarto inteiro em alarme. Como tentava explicar a seus companheiros que nem tudo estava perdido, eles brutalmente fizeram com que ele se calasse. Bridet estava cego. Ele pensava, então, que os boches se incomodariam por nada. Ah, ele ia ver. Não ia demorar muito. Logo, logo, ele perceberia. Mas essa raiva coletiva rapidamente se dissipou.

— Seria bom, de todo modo, tratarmos de saber alguma coisa — disse um dos internos.

— Um de nós deveria ir ao gabinete — sugeriu outro.

Bridet se ofereceu. Pouco depois, perguntava ao lugar-tenente Corsetti se era verdade que execuções seriam perpetradas no campo. Ele mal fizera essa indagação e o lugar-tenente já se pusera a gesticular como um louco.

"É pura demência. Mas o que é que vocês todos têm? Enfim, será que vocês já esqueceram a declaração que foi feita? É inacreditável que homens possam ficar assim tão nervosos. Certamente existem indivíduos entre vocês que estão fazendo a cabeça dos outros. Que imagem vocês passarão aos alemães que nos observam? Nós já temos a reputação de ser agitados e frívolos, agora vamos ser chamados de frouxos."

Uma vez substituídos os vigias pelos alemães, como nada acontecia, a calma e a esperança voltaram. Eles estavam sendo observados, mas ninguém ainda ousava se aproximar. Eles não pareciam ser malvados. O mais tranquilizante era sentir que eles obedeciam cegamente a uma ordem e que não fariam nada por conta própria. Porém, no meio da noite, em diferentes momentos, ecoaram detonações isoladas. Pairava um ar de tensão. As coisas decorriam um pouco como se as ordens recebidas fossem tão severas que por um nada as sentinelas perdiam o sangue frio.

Ao longo da manhã do dia seguinte, os internos procuraram interrogar as sentinelas. De início, elas se deixaram aproximar. Mas as ações devem ter sido notadas, pois, à tarde, em perfeita sintonia, todas davam a entender que se serviriam do fuzil se alguém se aproximasse.

Foi somente às quatro horas que de novo a consternação fez sua aparição no campo. Um carro de marca alemã, cinza e sem capota, depois de ter começado a buzinar a mais de quinhentos metros da entrada para permitir que o plantão abrisse as barreiras, penetrou o campo a toda velocidade e parou bruscamente em frente ao pavilhão onde se encontravam os escritórios. Um oficial alemão do alto escalão foi o primeiro a descer, seguido pelo subchefe e pelos dois lugares-tenentes adjuntos ao capitão que mandava no campo. Apresentaram-lhe as armas. Ele estendeu o braço direito para frente e bateu os calcanhares. O subchefe descobrira a cabeça. Os lugares-tenentes, um pouco mais atrás, mantinham a mão em seus quepes. Podia-se ver que estavam orgulhosos de poder continuar a saudar assim. Bem que estivessem sob dominação estrangeira, ninguém ousara proibi-los de saudar à sua maneira.

Frente ao pessimismo que recomeçava a apoderar-se de todos, Bridet sentia-se fraquejando. Seus colegas acreditavam na iminência de um drama, só ele queria manter-se esperançoso. Ele disse: "Nada prova que reféns serão designados. Pode ser que eles queiram trocar-nos de campo". Seus camaradas o olharam. Mas dessa vez não se encolerizaram, pois começavam a compreender a índole de Bridet.

À noite, detonações ressoaram outra vez, só que agora mais numerosas. Bridet foi tomado pelo medo. Na conduta monstruosa de uma coletividade há como que uma necessidade de criar antes uma atmosfera. Agora ele compreendia, esses disparos inúteis eram certamente uma espécie de excitação indispensável à realização de um ato abominável.

Às oito horas, repercutiram gritos no pavilhão. Aquele que estava incumbido de buscar o café não pudera sair. Uma sentinela se postara na frente da porta. Todos correram para as janelas. Somente Bridet permaneceu sentado na cama. Ele fora bruscamente tomado por um imenso desânimo e, curiosamente, justo no momento em que seus companheiros, ao contrário, indignados por estarem enclausurados, gesticulavam e gritavam, levantando-se com violência contra uma medida que lhes privava, de uma só vez, de ir ao banheiro e de beber café. Com a cabeça entre as mãos, ele não os escutava. Pensava apenas que tinham razão. Reféns haviam sido designados. Eles lhe tinham dito, mas ele, em sua vontade de jamais ver o mal, não acreditara. Ele viu seus anos de juventude desfilarem na frente dos olhos. Como pareciam vívidos! Um longo tempo o separava deles e, contudo, parecia-lhe que, se ele estivesse livre, se pudesse retornar ao lugar onde os vivera, encontraria tudo na mesma posição, como se nem o tempo nem a guerra houvessem existido. Pensou, então, em Yolande. Jamais ela receberia a carta a tempo e, mesmo que recebesse, seria tarde demais. Por um instante, a ideia de fazer algo para se defender veio-lhe à mente. Tinha escutado muitas vezes que tudo o que lhe ocorria de indesejável era culpa sua. Uma vez que sua ordem de liberação fora assinada, por que não o dissera no gabinete? Por que essa eterna negligência? Não teriam acreditado... Pois bem, ele teria batido na mesa, teria exigido que telefonassem, etc. E neste minuto, ao invés de estar correndo risco de morte, estaria em casa.

Nesse momento, sentiu que alguém cutucava-lhe os ombros. Era o vizinho de cama. "O que é que o senhor tem?", ele perguntou. Bridet ficou tão surpreso que não soube responder. "Não será o senhor", continuou o colega. Bridet então compreendeu que, de fato, nem tudo estava perdido e corou, envergonhando-se por ter sido tão hipócrita consigo mesmo ao se censurar pelos defeitos que o haviam impedido de se subtrair ao destino comum.

* * *

Pouco mais de uma hora se passou. Repentinamente, sons de vozes foram ouvidos. Alguns prisioneiros correram de novo às janelas, mas aqueles cujas vozes lhes haviam intrigado empurraram a porta no mesmo momento. Um grupo de homens, encabeçado por três oficiais alemães, entrou no pavilhão.

— Olá, senhores — disse um deles, não mais como se estivesse se dirigindo a covardes inimigos de seu país, mas a homens que as circunstâncias subitamente colocavam em posição bastante elevada.

Os franceses que acompanhavam os oficiais olhavam fixamente para frente. Escondiam seu embaraço mantendo-se imóveis. Pareciam estar cumprindo um dever que a alta consciência que eles tinham do interesse superior da França proscrevia julgar.

— Estejam prontos para se posicionar à minha direita quando seus nomes forem chamados — disse o alemão, como se estivesse se dirigindo a homens cuja coragem, por mais vergonhoso que tivesse sido seu comportamento, não se podia colocar em dúvida.

Como ninguém se pusera em posição de sentido, ele completou: "Coloquem-se em posição de sentido". Ele queria que o assassinato que se preparava parecesse estar se desenrolando de acordo com as regras normais. Os prisioneiros obedeceram. Dois deles jamais tinham sido soldados e o fizeram de forma desengonçada.

— Bouc Maurice — iniciou o oficial boche.
— Poupet Raoul.
— Grunbaum David.

Um incidente extraordinário se produziu neste instante. Após ter pronunciado o nome de Grunbaum, o alemão virou-se ligeiramente e cuspiu no chão, fazendo diversas vezes "pif, pif", mas de tal maneira que pareceu aos olhos de todos que ele não estava pretendendo manifestar publicamente sua aversão aos judeus, mas, sim, preservar-se supersticiosamente de uma mácula.

— De Courcieux Jean.
— Bridet Joseph.

Bridet ficou assombrado. Seu nome fora simplesmente pronunciado e, no entanto, tudo estava acabado.

* * *

Os reféns foram conduzidos a um pavilhão especialmente arrumado para recebê-los. Outros já se encontravam ali. Estavam cantando. Ante a vinda dos recém-chegados, interromperam o canto e injuriaram as sentinelas. A iminência da morte os livrara de qualquer temor. Quando a porta se fechou de novo, eles se repuseram a cantar, acompanhados agora pelos recém-chegados. Mesmo com a garganta apertada, Bridet cantou também. Em seguida, eles pararam. Confabulações foram feitas. Não era possível que os fuzilassem. O capitão Lepelletier fizera alguma manobra. Ninguém o vira nos últimos dois dias. Esperanças nasciam. Depois, um profundo abatimento se seguiu a essa agitação. Agora ninguém mais falava. Todos escreviam. Bridet era o único que não escrevia. Suas forças tinham se esvaído e escrever seria ainda mais difícil do que fora cantar. Porém, a despeito de si mesmo, era preciso fazer o que todos faziam.

"Minha querida Yolande", começou ele. "Serei fuzilado em breve". Mas parou, horrorizado com o que acabara de escrever. Alguns minutos mais tarde, como seus vizinhos continuavam escrevendo, retomou: "Um beijo com todo meu coração. Você sabe que eu te amava muito. Queria ter podido revê-la". Ia traçando lentamente essas palavras pensando em Yolande, pensando no que sentia por ela. Porém, a cada instante ele via a morte e era obrigado a interromper-se. Então não compreendia mais por que escrevia. "Dê meus livros ao meu irmão quando ele for libertado. Guarde, é claro, aqueles que você quiser. Vá ver minha mãe. Não diga a ela o que me aconteceu. Dou-lhe ainda mais um beijo, meu amor. Viva a França, e você, minha Yolande, seja feliz."

E se pôs a chorar. O que dizia era tão pouca coisa perto do que poderia ter dito se ele não tivesse de morrer. Embora amasse Yolande mais do que tudo no mundo, não podia mais dizer isso a ela. Escreveu ainda: "Te amo, te amo", como uma criança no fim de uma carta.

Em seguida, levantou-se e aproximou-se de um homem ruivo que tinha sardas em volta dos olhos. Sentira, quase que de imediato, simpatia por ele. O rapaz estava sentado, as mãos pendendo entre as pernas, completamente indiferente ao que se passava. Bridet segurou-lhe uma das mãos. Esse contato era como água fresca passada nas têmporas. Ser fuzilado assim, segurando essa mão, seria menos terrível. Mas iriam pensar que eles estavam com medo. Iriam dizer que eles deviam morrer como homens. Bridet a soltou.

Às três horas, o padre de Venoix adentrou o campo. Vinha acompanhado de oficiais alemães, civis e um capitão da polícia. Eles caminhavam lentamente, como que para retirar da execução um caráter de precipitação que teria algo de bárbaro. Mas sentia-se que eles tinham pressa e que, no fundo deles mesmos, tinham apenas um pensamento: acabar com aquilo o mais rápido possível.

Às 4h10, os reféns foram reunidos na frente dos escritórios. Um caminhão manobrava um pouco mais adiante para se posicionar de frente à estrada, no que era atrapalhado por outro caminhão cujo motor não estavam conseguindo funcionar. Os alemães se agitavam. Aparentemente esse pequeno transtorno bastara para fazê-los esquecer a razão pela qual estavam ali. Não foi preciso mais para fazer renascer um pouco de esperança. "Recuem", disseram eles aos reféns. "Será que vocês querem uma mãozinha?", gritou um destes, tentando assumir um tom zombeteiro, mas sua voz teve algo de tão trágico que ninguém pareceu escutá-lo.

Bridet estava entre os reféns, mas apagado, como um estrangeiro, quase invisível ao lado daqueles que, a todo instante, começavam a cantar sem jamais terminar sua canção, ao lado daqueles que por vezes saiam gesticulando do grupo, fazendo apelos à justiça dos homens, buscando provocar não se sabe que incidente na sequência do qual seriam agraciados. Ele estava para trás, mas não como no colégio ou no regimento. Mesmo estando atrás, não estava esquecido.

Procederam a uma chamada. O acaso fez que o nome de Bridet fosse o último a ser pronunciado e que, durante todo tempo que durou essa formalidade, ele mantivesse a esperança de não ser chamado, de que no último momento um incidente jurídico (o fato de que fora designado refém quando legalmente ele não deveria mais fazer parte do campo) se produziria.

Para subir no caminhão, mesmo ajudado, era preciso fazer um esforço físico. Bridet fraquejou. Seus camaradas tiveram de içá-lo. Ao longo do caminho, os solavancos tiraram-no do desfalecimento. O tempo estava soberbo. Bridet mirava o sol sem que este lhe causasse o menor incômodo aos olhos. Seria a morte iminente? Mas esse sol parecia viver intensamente no azul do céu, seus raios como flamas se esticando e se retraindo sem cessar.

Bridet pensava que não teria força para descer do caminhão, como não tivera para subir. Foi nesse momento que uma ideia extraordinária lhe veio à mente, uma dessas ideias simples que, de acordo com a nossa própria disposição, parecem geniais ou insignificantes. Ela o fez recobrar bruscamente suas forças. Essa ideia era a de que, fizesse o que fizesse, ele não podia mais escapar à morte e, uma vez que era preciso morrer, melhor morrer corajosamente.

E foi o que ele fez.

* * *

Na manhã seguinte, mulheres de Venoix vieram pôr flores nos túmulos. Elas voltaram à noite e nos dias subsequentes, cada vez mais numerosas. Os túmulos logo desapareceram debaixo das flores. Os alemães não as impediam. Porém, como essas manifestações estavam ganhando um tom hostil, como elas não pareciam mais ditadas pela lembrança, mas por uma vontade de provocação, da chefia chegou a ordem de proibi-las. Dois guardas armados foram posicionados na entrada do cemitério. As mulheres tentaram passar assim mesmo. Eles repeliram-nas delicadamente, convidando-as a se acalmarem com um tom afável, mas não muito delicado em tal circunstância. "Vamos, minhas valentes senhoras, não fiquem irritadas, vamos, andem, não insistam, as senhoras têm mais o que fazer em suas casas." Como elas permaneciam a alguns passos, imóveis, um dos dois guardas virou-se em direção ao cemitério e olhou os túmulos com ar de impotência em relação ao destino. Em seguida, disse: "Vejam só, está terminado. Tudo o que as senhoras fizerem não mudará em nada o que aconteceu a eles. Vamos, minhas valentes senhoras, voltem para as suas casas". E o outro guarda completou: "Já faz seis dias", e fez um gesto que significava que a vida continuava.

Nesse momento, uma mulher se destacou. Tinha um rosto magro, de belos olhos azuis. Era grande e um pouco curvada. Levava sobre os ombros um lenço negro de tricô. Aproximou-se dos dois guardas e, de repente, como que em meio a um ataque de nervos, pôs-se a brandir os punhos e a bater neles como contra um muro. E sapateava ao mesmo tempo. Eles tentaram controlá-la. Perdendo, então, todo controle de si mesma, ela se agarrou a seus talabartes, na bandoleira de seus fuzis, na correia de seus capacetes, deu-lhes chutes e arranhões. E gritava ao mesmo tempo: "Assassinos, assassinos!".

Nota do Autor

Os papéis, reunidos aqui e ali por seus amigos após a morte de Joseph Bridet, são de interesse relativo. Contudo, caso uma nova edição desse livro seja feita, nós os agregaremos em apêndice.

Aqui está a lista:

1º Sete poemas escritos entre 1935 e 1939.

2º Algumas anotações redigidas apressadamente na prisão e com grandes intervalos. É visível que Bridet tinha consciência de estar vivendo momentos cuja lembrança deveria ser guardada. Porém, seja pela ansiedade que o consumia, seja por displicência, acabou sempre se interrompendo.

3º As reportagens que seus diretores haviam outrora lhe autorizado a assinar. Há uma que pareceria permitir comoventes aproximações. É aquela que trata de uma execução capital. Mas Bridet adotara, para abrilhantar o texto, um estilo tão artificial que é impossível encontrar uma frase da qual se depreenda, como das palavras e dos escritos daqueles que se foram, um significado que até então permanecera oculto.

4º Duas cartas que Basson escrevera de Londres depois que Bridet já havia sido fuzilado. Elas estão repletas de termos em inglês de amizade. Quando se conhece o fim lamentável que teve o destinatário, elas deixam uma impressão dolorosa. Basson fala dos perigos dos quais escapou com uma autoconfiança e uma presunção chocantes. E o que é talvez ainda mais desagradável é que em nenhum momento passa-lhe pela cabeça que algo poderia ter acontecido com seu camarada que permanecera na França.

5º Uma carta emocionada de Outhenin para Yolande, escrita alguns dias após a morte de Bridet e que se inicia assim: "Acabo de saber do imenso flagelo que lhe acomete…".

6º Uma carta de Yolande à sua cunhada, a Sra. Laveyssère, na qual, fingindo estar em um dilema de consciência, pergunta se deve ou não, a despeito do veto do seu marido, avisar a Sra. Bridet mãe.

7º Uma carta desta última a Yolande. Essa carta de uma senhora infeliz, a quem acaba de ser anunciada a morte trágica do próprio filho, é extraordinária. A Sra. Bridet não manifesta nenhum espanto, nenhum desespero. Fala de seu filho como de um estranho e, de repente, no final, pede que ele seja vingado.

8º A carta que o leitor já conhece, escrita por Bridet, antes de morrer, à sua mulher, mas tornada oficial por carimbos franceses e alemães antes de lhe ser transmitida, como se, naturalmente, os autores do assassinato tivessem agido na mais perfeita legalidade.

9º Uma nota datada do 15 de janeiro 1941, escrita a lápis pelo ministro do Interior em um papel com cabeçalho do ministério, remetida a Yolande em condições bastante misteriosas, cerca de três meses após a execução de seu marido. Essa nota é endereçada ao Sr. Saussier. Ela pede que se deixe "repousar" o caso Bridet. A palavra "repousar" está sublinhada. A nota fora deixada com a zeladora da *rue* Demours, sem explicações, por um desconhecido a quem ninguém prestara atenção.

10º Uma carta proveniente de um escritório de edição alemão, em Paris, datada de março de 1943, endereçada a Yolande. É necessário voltar atrás um instante. Pouco depois do drama de Venoix, Yolande reunira os poemas e artigos de seu marido (por precaução ela deixara de lado as anotações do cárcere e as cartas) em um livreto que ela mandara imprimir clandestinamente com o título de "Escritos de Joseph Bridet (1908-1941), morto pela França".

O funcionário alemão que escrevia a Yolande perguntava por que ela se dera ao trabalho de se ocultar para publicar um livreto que poderia aparecer à luz do dia e no qual não havia nada a assinalar que fosse ofensivo à Alemanha. Ele terminava, deveras pesadamente, dizendo que não era um hábito entre seus compatriotas opor-se a uma manifestação que visava, sem segundas intenções políticas, perpetuar a recordação de um morto.

EDITORIAIS PARA O *COMBAT*
Albert Camus

"O SANGUE DA LIBERDADE"
Combat, 24 de agosto de 1944

Paris dispara todas as suas balas na noite de agosto. Neste imenso cenário de pedras e água, em todo entorno deste rio de águas carregadas de história, as barricadas da liberdade mais uma vez são erguidas. Mais uma vez a justiça deve ser comprada com o sangue dos homens.

Nós conhecemos muito bem esse combate, em que estamos envolvidos demais pela carne e pelo coração para aceitar, sem amargor, esta condição terrível. Mas também conhecemos muito bem o que está em jogo e a essência desse combate para recusar o difícil destino que precisaremos suportar sozinhos.

O tempo testemunhará que os homens da França não desejavam matar, e que entraram de mãos limpas em uma guerra que não escolheram. Por isso, é preciso que suas razões tenham sido imensas para que eles subitamente empunhem os fuzis e disparem incessantemente, à noite, sobre aqueles soldados que acreditaram durante dois anos que a guerra era fácil.

Sim, suas razões são imensas. Elas têm a dimensão da esperança e a profundidade da revolta. Elas são as razões do futuro para um país que quiseram manter por tempo demais na ruminação morosa de seu passado. Paris luta hoje para que amanhã a França possa falar. O povo pega em armas esta noite porque espera justiça para amanhã. Alguns seguem dizendo que não vale a pena e que com paciência Paris será libertada com pouco esforço. É que eles confusamente pressentem quantas coisas estão ameaçadas por essa insurreição, coisas que permaneceriam de pé se tudo ocorresse de outra forma.

É preciso, ao contrário, que isto se torne bem claro: ninguém pode pensar que uma liberdade, conquistada em convulsões como essa, terá a face tranquila e domesticada com a qual alguns se aprazem em sonhar. Esse terrível parto é o de uma revolução.

Não se pode desejar que homens que lutaram quatro anos em silêncio e dias inteiros sob estrondos do céu e de fuzis consintam em ver retornar as forças da capitulação e da injustiça sob qualquer forma que seja. Não se pode esperar que eles, que são os melhores, aceitem fazer novamente o que os melhores e mais puros fizeram durante vinte e cinco anos, que consistia em amar em silêncio o seu país e desprezar em silêncio os seus chefes. A Paris que luta esta noite quer comandar amanhã. Não pelo poder, mas pela justiça, não pela política, mas pela moral, não pela dominação de seu país, mas por sua grandeza.

Nossa convicção não é a de que isso se fará um dia, mas a de que isso se faz hoje, no sofrimento e na obstinação do combate. E é por isso que, apesar das dores humanas, a despeito do sangue e da cólera, dos mortos insubstituíveis, das feridas injustas e das balas perdidas, é preciso pronunciar estas palavras, que não são de pesar, mas de esperança, de uma terrível esperança de homens sozinhos com seu destino.

 Esta enorme Paris escura e quente, com suas duas tempestades, no céu e nas ruas, parece-nos, para concluir, mais iluminada que a Cidade Luz que causa inveja a todo mundo. Ela explode com todos os fogos da esperança e da dor, ela tem a chama da coragem lúcida e tem todo o brilho, não apenas da liberação, mas da liberdade próxima.

"A NOITE DA VERDADE"

Combat, 25 de agosto de 1944

Enquanto as balas da liberdade ainda sibilam na cidade, os canhões da liberação abrem as portas de Paris, em meio a gritos e flores. Na mais bela e mais quente das noites de agosto, às estrelas de sempre se misturam, no céu de Paris, as balas coriscantes, a fumaça dos incêndios e os foguetes multicoloridos da alegria popular. Nesta noite sem igual, encerram-se quatro anos de uma história monstruosa e de uma luta indizível em que a França esteve às voltas com sua vergonha e sua fúria.

Esses que jamais perderam a esperança em si mesmos nem em seu país encontram sob o céu sua recompensa. Esta noite vale todo um mundo, é a noite da verdade. A verdade que pega em armas e entra em combate, a verdade à força depois de ter sido por tempo demais a verdade de mãos vazias e de peito descoberto. Ela está por toda parte nesta noite em que povo e canhão estrondeiam ao mesmo tempo. Ela é a própria voz desse povo e desse canhão, ela tem o semblante a um só tempo triunfante e cansado dos combatentes da rua, sob as cicatrizes e o suor. Sim, é mesmo a noite da verdade, e da única que tem valor, aquela que aceita lutar e vencer.

Há quatro anos, alguns homens se levantaram em meio aos escombros e ao desespero e afirmaram com tranquilidade que nada estava perdido. Eles disseram que era preciso continuar e que as forças do bem sempre podiam triunfar sobre as forças do mal, contanto que se pagasse o preço. Eles pagaram o preço. E esse preço sem dúvida foi pesado, ele teve todo o peso do sangue, a terrível gravidade das prisões. Muitos desses homens estão mortos, outros vivem há anos entre muros sem janelas. Era o preço que se precisava pagar. Mas esses mesmos homens, se pudessem, não nos censurariam essa terrível e maravilhosa alegria que nos invade como uma maré.

Pois essa alegria não lhes é infiel. Pelo contrário, ela os justifica e afirma que eles tiveram razão. Unidos no mesmo sofrimento durante quatro anos, estamos unidos ainda na mesma embriaguez, nós ganhamos nossa solidariedade. E reconhecemos com espanto, nesta noite turbulenta, que durante quatro anos nós jamais estivemos sós. Vivemos os anos da fraternidade.

Duros combates ainda nos esperam. Mas a paz retornará a esta terra eviscerada e aos corações torturados por esperanças e lembranças. Não se pode viver somente de assassinatos e de violência. A felicidade e a justa ternura terão seu tempo. Mas essa paz não nos encontrará esquecidos. E, para alguns entre nós, a face de nossos irmãos desfigurados pelas balas e a grande fraternidade viril desses anos jamais nos abandonarão. Que nossos camaradas mortos conservem para si essa paz que nos é prometida na noite ofegante e que eles já conquistaram. Nosso combate será o seu.

Nada foi dado aos homens e o pouco que eles podem conquistar se paga com mortes injustas. Mas a grandeza do homem não está aí. Ela está em sua decisão de ser mais forte que sua condição. E se sua condição é injusta, não há senão uma maneira de superá-la, que é de ser ele próprio justo. Nossa verdade desta noite, aquela que paira no céu de agosto, é justamente ela a consolação do homem. E é a paz de nosso coração, assim como era a paz de nossos camaradas mortos, poder dizer, diante da vitória reconquistada, sem espírito de retorno nem de reivindicação: "Nós fizemos o que era necessário".

tipologia Abril
papel Polén Soft 70 g/m²
impressão pela gráfica Loyola para Mundaréu
São Paulo, abril de 2019.